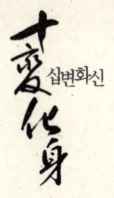

十變化身 십변화신

조종호 新무협 판타지 소설
FANTASTIC ORIENTAL HEROES

십변화신 1

조종호 新무협 판타지 소설

초판 1쇄 찍은 날 § 2010년 12월 14일
초판 1쇄 펴낸 날 § 2010년 12월 21일

지은이 § 조종호
펴낸이 § 서경석

편집팀장 § 서지현
편집책임 § 주소영
편집 § 박우진

펴낸곳 § 도서출판 청어람
등록번호 § 제1081-1-89호
등록일자 § 1999. 5. 31
어람번호 § 제2-2021호

주소 § 경기도 부천시 원미구 심곡2동 163-2 서경B/D 3F (우) 420-822
전화 § 032-656-4452 팩스 § 032-656-4453
http://www.chungeoram.com
E-mail § chungeoram@chungeoram.com

ⓒ 조종호, 2010

ISBN 978-89-251-2386-8 04810
ISBN 978-89-251-2385-1 (세트)

十變化身

FANTASTIC ORIENTAL HEROES

조종호 新무협 판타지 소설

십변화신

1

청어람

第一章

귀향(歸鄕)

십변
화신

달빛이 희미하여 한 치 앞도 구분하기 어려운 어두운 밤, 사천 성도에서 백여 리 떨어진 우금산 좁은 산길을 일곱 명의 흑의인이 날 듯이 달려가고 있었다.

이처럼 어두운 산길을 오르는 것은 웬만한 고수들이라 할지라도 꺼려할 일이건만 그들은 어둠에 익숙한지 경공을 전개하는 데 있어 한 치의 머뭇거림도 없었다.

심지어 그들 중 네 명은 어깨에 무겁고도 낡은 가마를 지고 있었으나 움직임은 나는 새처럼 가벼웠다.

미미한 풀잎 스치는 소리마저 내지 않으며 놀라운 경공을 전개하는 흑의인들.

그들은 놀랍게도 가장 앞에서 일행을 이끄는 서른 후반의중년인을 제외하고는 겨우 스물이나 되었음직한 젊은이들이었다.

반 시진 후, 동쪽 하늘로부터 여명이 비춰올 때쯤 흑의인들은 정상에 다다랐다.

"결국 오고야 말았군요."

일행 중 유일한 여인이 산 아래를 굽어보며 조용히 입을 열었다. 한데 그 목소리에는 형용할 수 없는 슬픔이 가득 묻어나오고 있었다.

그녀의 슬픈 목소리는 듣는 사람으로 하여금 가슴을 떨리게 하는 묘한 힘이 담겨 있었다.

하지만 흑의중년인은 그녀의 음성을 듣지 못한 듯, 다른 흑의인들에게 눈짓을 했다.

고개를 짧게 끄덕인 흑의인들이 지고 있던 가마를 땅에 내려놓자 흑의중년인이 싸늘히 말했다.

"나와라."

그는 뚫어지게 가마를 응시하고 있었는데, 눈빛은 목소리보다 더욱 차가워 가마를 금세라도 얼려 버릴 듯했다.

하나, 가마 안에서는 아무런 반응이 없었다.

"나오라고 말했다."

노기가 이는지 흑의중년인의 눈썹이 한차례 꿈틀거렸고 음성은 한층 가라앉았다.

그때였다.

덜컥.

드디어 가마의 문이 열리고 안에서 한 사람이 모습을 드러냈다.

그는 회의 장삼을 입은 이십대 초반의 청년이었다.

서글서글해 보이는 눈, 그리고 오뚝한 코와 하얀 피부는 마치 여인의 그것과 같았지만 마른 듯하면서도 당당한 체구, 그리고 장삼 사이로 언뜻 드러난 목엔 가늘면서도 촘촘한 근육이 보기 좋게 형성되어 있었다.

그는 자신을 둘러싸고 있는 흑의인들과 주위를 훑어보다가 흑의중년인에게서 시선을 멈추었다.

"이곳이 어딥니까?"

흑의중년인은 회의청년을 뚫어지게 쳐다보며 대답 대신 산 아래를 가리켰다.

그의 손을 따라 아래쪽을 쳐다본 회의청년은 눈을 커다랗게 떴다.

'여기는……!'

산 아래로 마을이 펼쳐져 있었다.

회의청년은 그 마을을 잘 알고 있었다.

바로 자신이 태어나고 자란 곳, 사천성 대읍이었다.

"가라."

뒤에서 들려온 흑의인의 목소리에 회의청년이 신형을 돌려 세웠다.

"당신들은 대체 누굽니까? 그리고 저는 왜……."

"그만!"

흑의인의 일갈이 터져 나왔다.

"우리가 너에게 해줄 말은 아무것도 없다. 너는 너의 집으로 돌아가기만 하면 되는 것이다."

그러면서 흑의중년인은 등에 메고 있는 장검에 손을 가져갔다. 더 이상 귀찮게 말을 건다면 가차없이 손을 쓰겠다는 뜻이었다.

"……!"

그 서슬 퍼런 눈빛에 놀란 회의청년은 자신도 모르게 어깨를 움츠렸다.

흑의중년인의 말은 결코 농담처럼 들리지 않았다.

그에게서는 짙은 살기가 피어오르고 있었고, 그 살기는 아무리 눈치없는 사람이라 해도 오금을 저리게 할 정도였다.

회의청년은 원래 겁이 많은 사람이 아니었다. 하지만 흑의중년인의 살기는 살고자 하는 본능을 건드릴 정도로 강했다.

회의청년은 급히 신형을 돌리더니 산 아래로 난 소로를 통해 질주하다시피 내려갔다.

얼마나 서둘렀는지 돌부리에 걸려 넘어질 뻔하면서도 한 번도 뒤돌아보지 않았다.

비틀거리며 뛰어가는 청년을 바라보던 흑의여인의 입에서 들릴 듯 말 듯한 음성이 흘러나왔다.

"대사형……."

그녀의 커다랗고 아름다운 두 눈에서 옅은 물방울이 피어났다.

그녀는 시야에서 회의청년의 모습이 완전히 사라질 때까지 눈 한 번 깜짝이지 않았다. 조금이라도 더 그의 모습을 담아두고 싶었기 때문이다.

그런 그녀를 넌지시 바라보던 흑의중년인이 그녀의 어깨를 살며시 토닥였다.

그리고 회의청년이 사라진 길을 향해 허리를 깊숙이 숙이며 포권을 취했다. 그러자 뒤에 있던 청년들도 일제히 두 손을 가슴 앞에 모았다.

허리를 숙이고 있는 그들에게서는 더 이상 살기가 느껴지지 않았다. 오직 회의청년에 대한 공경심, 그것만이 남아 있을 뿐이었다.

"헉, 헉."

회의청년은 거친 산길을 뚫고 정신없이 내달렸다. 금방이라도 뒤에서 흑의중년인의 검이 날아올 것만 같아 뒤를 돌아볼 수 없었다.

흑의중년인의 기세는 단지 청년을 겁주기 위한 것이 아니었다. 그 눈빛을 직접 대한 회의청년은 알 수 있었다.

도망치지 않으면 죽는다.

머릿속에는 그 생각만이 끊임없이 메아리쳤다.

얼마나 그렇게 달려왔을까?

산 중턱에 이르자 그의 앞길을 에워싸고 있던 빼곡했던 나무들이 사라지고 시야가 환하게 밝아졌다.

불그스름하기만 했던 여명은 사라졌고 어느새 눈부신 해가 떠올라 있었다.

"흐우."

회의청년은 깊은숨을 몰아쉬며 천천히 산 아래를 내려다봤다.

폐부가 찢어질 듯이 아프고 심장이 터질 것처럼 쿵쾅거렸지만, 흑의인들로부터 멀리 떨어졌다는데서 오는 안도감이었을까, 조금은 여유가 생긴 그였다.

자신의 집이 있는 마을을 바라보며 잠시의 시간이 흐르자 점차 숨결이 골라지고, 근근이 불어오는 산바람에 흐르던 땀도 식었다.

회의청년은 옷 여기저기에 묻어 있는 나뭇잎들을 털어내고는 널따란 바위에 걸터앉았다. 그리고 지그시 관자놀이를 눌렀다.

머리가 지끈거리며 아파왔다.

하지만 그의 머리를 복잡하게 만드는 것은 단지 머리가 아프다는 사실이 아니었다.

'뭐가 어떻게 돌아가는 거지?'

그는 지금의 상황을 전혀 이해할 수 없었다.

'정신 차려라, 화사평(禾辭萍).'

회의청년, 화사평은 하늘을 올려다봤다.

하늘의 푸른빛이 두 눈 가득 쏟아져 들어왔다.

그가 눈을 뜬 것은 닷새 전이었다.

호롱불 두 개로 주위를 밝히고 있는 자그마한 석실에 마련된 침상 위에서 벌떡 일어난 그는, 일어남과 동시에 머리를 잡고 바닥을 뒹굴었다.

머리가 깨질 듯이 아팠기 때문이다.

지독한 고통이 반 각 넘게 지속됐고, 숨조차 쉬기 힘들었다.

잠시 후 그는 가까스로 몸을 일으켰다. 그리고 주위를 두리번거리다 한쪽 구석 탁자 위에 놓여 있는 커다란 물그릇을 발견하고는 다가갔다. 얼굴을 시원한 물로 적신다면 정신이 들고 아픔도 가시지 않을까 해서였다.

그러나 그릇 앞에 선 화사평은 전신이 돌덩이처럼 굳어졌다.

그릇에 담긴 물은 낯선 청년의 모습을 보여주고 있었다. 그건 그가 기억하는 자신의 얼굴이 아니었다.

어떻게 그것이 자신이 될 수 있겠는가, 자신은 열두 살에 불과한 나이이거늘.

화사평은 자신의 손과 몸을 훑었다.

탄탄한 근육이 만져지고 커다란 손이 보였다.

얼굴뿐만 아니라 몸마저 장성한 청년의 그것이었다.

화사평은 맥이 탁 풀렸다. 그리고 마치 혼이 빠져나간 표정으로 멍하니 수면 위에 떠오른 낯선 청년의 모습만을 바라보았다.

그때 석실로 한 사람이 들어왔다.

흑의중년인이었다. 그는 넋이 나가 있는 화사평을 한동안 응시하다가 말없이 돌아섰다. 화사평이 급히 그에게 말을 걸려 했으나 나가 버렸다.

그리고 얼마 지나지 않아 이유도 모른 채 또 다른 흑의인들에 의해 가마에 오르게 되었고, 밤낮으로 길을 재촉해 이곳에 다다른 것이었다.

화사평은 다시 한 번 관자놀이를 지그시 눌렀다.

아프던 머리는 얼마 지나지 않아 괜찮아졌다. 그러나 이곳까지 오는 닷새 동안 아무리 생각해 보아도 자신에게 어떤 일이 일어났는지 기억해 낼 수 없었다.

하지만 단 하나, 화사평이 유추할 수 있는 사실이 있었다.

사람은 갑자기 나이가 들진 않는다. 시간이 흘러야만 가능하다. 그것이 천지자연의 이치다. 그러니 결국 자신은 기억을 잃은 것이었다.

물론 화사평은 혹시 시간이 흐른 게 아니고 잠이 든 사이 혼자만 늙어버린 게 아닌가 하는 의심을 하기도 했다. 하지만 그렇지 않다는 것을 깨닫는 데 오래 걸리지 않았다.

화사평은 가벼운 한숨을 내쉬며 품 안에서 하나의 물건을 꺼내 물끄러미 바라봤다.

그것은 사람 얼굴을 겨우 덮을 수 있는, 그다지 크지 않은 가면이었다.

바탕은 검고 눈 부위는 하얀데, 그 눈은 마치 웃고 있는 듯 좌우로 길게 찢어져 있었다. 또한 눈에서 뺨을 거쳐 귀 언저리까지 여섯 갈래의 알록달록한 줄이 새끼손가락 굵기로 이어져 있었다.

호면귀(虎面鬼).

가면은 화사평이 만든 것이 분명했다. 피부와 맞닿는 부분에 미세하게 화(禾) 자가 새겨져 있었고, 그것은 화사평 본인의 필체였다.

하지만⋯ 화사평은 이 가면을 만든 기억이 없었다.

파꽉!

묵묵히 호면귀를 바라보던 화사평이 갑자기 소매를 펄럭였다. 그러자 손에 들려 있던 호면귀가 일순간 사라지더니 다시 한 번 소매를 흔들었을 때는 어느새 그의 얼굴을 덮고 있었다.

가면 밖으로 드러나는 그의 눈빛이 아득하게 가라앉았다.

화사평의 부친은 가면을 만드는 장인이었다. 그건 이미 세상을 떠난 조부도 마찬가지였다.

돈벌이가 크게 되는 일은 아니었지만 생업이었으며, 그의 부친은 그 일에 큰 보람을 느꼈다.

화사평은 다섯 살 되던 해에 가면을 처음 만들었다.

그의 부친 화덕유는 아들의 놀라운 재주에 크게 기뻐하며 자신이 가진 기술을 모두 전수했다. 그렇게 오 년이 지나자 화사평은 완벽한 가면을 만들 수 있게 되었다. 뿐만 아니라 청출어람하여 부친이 상상하지 못했던 독특한 가면까지 제작할 수 있게 되었다.

그가 만든 가면은 좋은 값으로 사천성 곳곳에 팔려 나갔다. 그러는 동안 화사평은 재미있고 신기한 기술을 만들어냈다.

그것이 바로 방금 펼쳐 보인 순식간에 가면을 쓰는 기술이었다. 그는 눈 깜짝할 사이에 가면을 쓸 수 있을 뿐만 아니라 벗을 수도, 혹은 또 다른 가면으로 바꿔 쓸 수도 있었다.

그렇게 일 년여가 흐르자, 애석하게도 화사평은 가면 만드는 일에 지겨움을 느꼈다.

그는 부친처럼 평생 가면만을 만들며 살고 싶지 않았다. 뭐라도 다른 일을 해보고 싶었다. 하지만 부친은 허락하지 않았다.

그리고 열두 살이 되고 크게 부친과 말다툼을 한 어느 날, 그는 집을 뛰쳐나왔다. 그리고 무작정 길을 떠났다.

의지할 곳 없는 그는 노숙을 하고 밥을 구걸해 생활했다. 그렇게 한 달을 보냈다.

'그리고 어떻게 됐지……?'

화사평은 머리를 감싸 쥐었다.

과거를 기억해 내려 하자 이젠 당연하다는 듯이 머리가 지끈거리기 시작했다.

배가 고파 산짐승이라도 잡아먹을까 하여 산속을 헤맨 것까지는 언뜻 기억이 났다. 하지만 그 뒤로는 닷새 전 눈을 떴던 어두컴컴한 석실로 이어졌다.

"빌어먹을!"

화사평은 생각을 멈추고 욕지기를 내뱉었다.

지난 닷새 동안 아무리 노력해도 기억해 낼 수 없었던 과거가 지금 이 순간 떠오를 리 만무했다.

대신 그는 품속을 뒤져 몇 가지 물건을 꺼냈다.

가면은 자신이 만들었음을 유추라도 할 수 있었지만, 이번에 꺼낸 물건은 그마저도 못하는 완전히 생소한 것들이었다.

자그마한 옥패, 그리고 검붉은빛을 내는 정체 모를 쇳조각.

옥패의 앞면에는 만혼주(萬魂主)라 음각된 홈에 붉은빛 물감이 채워져 왠지 모를 음산함이 풍겼으며, 뒷면엔 총 열 개의 원이 자그마한 것부터 큰 것까지 차례로 음각되어 있었다. 그러나 앞면과는 다르게 붉은 물감이 원을 일곱 개만 채웠고, 세 개는 빈 상태였다.

'모든 혼의 주인이라니…… 그동안 나는 귀신을 부리는 주술이라도 배웠던 것일까?'

화사평의 입가에 언뜻 희미한 미소가 떠올랐다.

기억하지 못하는 과거를 상상하는 일은 비록 괴로웠지만, 한편으론 흥미가 이는 것도 사실이었다.

다음으로 화사평은 쇳조각을 살폈다.

그것의 전체적인 모양새는 갸름하여 대나무 잎처럼 생겼으나 얇지 않고 두꺼웠다. 대나무 잎을 오륙십 장 정도 붙여놓는다면 비슷한 두께가 될 듯했다.

'혹시?'

화사평은 실제로 이것이 여러 개의 얇은 쇳조각을 붙여서 만든 건가 싶어 눈을 가까이 하여 보았다. 그러나 눈으로는 구별할 수 없었다. 각 모서리 부분은 매끈하기만 했다.

화사평은 포기하지 않았다. 조심스럽게 손가락을 대어 더듬어보았다. 그러자 뭔가 까칠한 느낌이 여리게 들었다.

'확실해.'

화사평은 눈보다는 손의 감각을 더 믿었다.

그는 어렸을 때부터 장인이었다. 그것도 수십 년을 일한 그의 부친을 넘어설 정도로 뛰어난 장인이었다.

가면을 만드는 일은 세세하기 짝이 없는 작업이었고, 이에 숙달된 화사평은 자신의 손이 세상의 무엇보다도 예민하다고 믿었다.

하지만 그뿐이었다.

여러 장의 얇은 쇳조각이 모여 눈앞에 있는 검붉은 물건을 만들어낸 것은 확실하지만, 그 이상은 알아내지 못했다.

어떻게 분리하는 것인지, 또 분리해서 어디에 사용하는 물건인지.

화사평은 한참 만에야 고개를 설레설레 젓고는 쇳조각과 옥패를 품속에 소중히 갈무리했다.

비록 어디에 사용하는지 모른다 할지라도 잊어버린 자신의 과거를 알려줄 수 있는 귀중한 물건들이었다. 그러니 결코 소홀히 할 수 없었다.

화사평은 천천히 자리에서 일어났다. 더 이상 흑의인들의 모습은 보이지 않았다. 쫓아오는 기색도 없었다.

그는 숨을 몇 번 가다듬고는 산 아래로 발걸음을 옮기기 시작했다.

집으로 돌아가지 않을 수 없었다.

겨우 두 달 남짓 집을 떠나왔다 기억될 뿐이지만, 실상은 그렇지 않기 때문이다. 아니, 어쩌면 사라진 기억 동안 집에서 편히 살고 있지 않았을까 하는 일말의 기대감도 있었다.

그것을 반드시 확인해야만 했다.

대읍에 들어선 화사평은 놀라움을 감추지 못했다.

너무나 달라져 있었다.

언제 이렇게 마을이 커졌단 말인가?

이른 시간이건만 길거리에는 이전과는 비교할 수 없을 만큼 많은 사람들이 지나다녔고, 길 양쪽으로는 수십 개의 가게가 줄을 지어 늘어서 있었다.

그는 주위를 두리번거리며 걸었다.

모든 것이 새로웠다. 아는 사람은 한 명도 없었다. 마을의 인구가 그사이 열 배는 늘어난 것 같았다. 뿐만 아니라 번화가도 그만큼이나 커진 것 같았다.

원래 화사평의 집은 번화가를 지나 논을 건너 마을 외각에 자리한 자그마한 초가였다.

그곳에서 부모님과 두 살 어린 남동생, 그렇게 네 식구가 살았다. 부유하진 않았지만 그렇다고 굶을 정도로 가난하지도 않았다. 화사평이나 그의 부친이 만든 가면은 꾸준한 인기를

끌었고 찾는 사람들도 많았다. 해서 네 식구가 먹고살기에는
넉넉한 벌이였다.

그런데 한참 만에야 번화가를 벗어난 화사평은 어리둥절한
표정이 되었다.

집을 가기 위해 거쳐야 하는 논길이 없었다.

곧장 대나무 숲이 나타났고, 그 뒤로는 산이 이어져 있었다.

'여긴……!'

화사평은 이곳을 잘 알고 있었다.

자신의 집 뒤쪽 오십여 장 떨어진 곳에 있던 대나무 숲이 바
로 지금 눈앞의 이곳이었다.

그렇다는 것은 이미 자신의 집을 지나쳐 왔다는 뜻이었다.

화사평은 급히 신형을 돌려세웠다.

그리고 그의 눈이 점점 커졌다.

"이, 이게……."

자신의 집이 있던 자리, 그곳에는 초가가 없었다. 대신 기다
란 담에 둘러싸인 커다란 장원이 있었다.

처음에는 무심코 지나쳤지만, 다시금 바라보니 분명 자신의
집이 있던 장소가 맞았다.

화사평은 당황스런 마음을 추스르고는 장원 앞으로 걸어갔
다.

고개를 쳐들자 그의 눈에 정문 위에 매달린 현판이 들어왔
다. 현판에는 용사비등한 필체로 화금장(禾金莊)이라 쓰여 있
었다.

"화금장······."

그의 입에서 들릴 듯 말 듯한 음성이 흘러나왔다.

자신의 성과 같은 '화' 자였다.

쿵쿵.

가슴 뛰는 소리가 머리를 울렸다.

화사평은 이곳이 자신의 집이라는 확신이 들었다.

그가 가볍게 정문을 두드리자 얼마 지나지 않아 사십대 중반의 남자가 문을 열고 고개를 내밀었다.

그는 화사평을 위아래로 훑어보고는 미간을 찌푸렸다.

이른 아침부터 낯선 이가 불쑥 찾아온다면 기분 좋을 사람은 없으리라.

"누구시오?"

그래서인지 남자의 목소리는 퉁명스럽기만 했다.

하나 화사평은 달랐다. 그는 나타난 남자를 한눈에 알아보았다.

"유 아저씨!"

갑작스런 화사평의 외침에 남자는 한차례 움찔하더니 의아한 표정으로 물었다.

"나를 아시오?"

"아저씨, 저예요. 아버지와 함께 가면을 만들던 사평이 말입니다. 모르시겠어요?"

"어?"

그 말에 유두대의 눈이 점점 커지기 시작하더니 종내에는 더할 나위 없이 부릅떠졌다.

"너, 너. 그 애늙은이⋯⋯?"

"맞아요. 아저씨한테 애늙은이라 불리던 그 사평이입니다."

유두대는 떨리는 눈빛으로 화사평의 얼굴을 뚫어져라 쳐다
보더니 갑자기 와락 끌어안았다.

"이놈아! 어디 갔다 이제야 돌아왔어? 그동안 다들 얼마나
걱정하고 있었는지 알기는 한 게냐?"

"그게⋯⋯."

화사평은 유두대가 눈물을 글썽이며 나무라자 자신도 모르
게 울컥 감정이 치밀었다.

유두대는 화사평의 집에서 멀리 떨어지지 않은 곳에 사는
농사꾼이었다. 그는 아이답지 않게 침착하고 과묵한 화사평을
애늙은이라 놀리면서도 매우 귀여워했었다.

"여기가 저희 집 맞지요?"

"당연히 맞지 이놈아. 아, 내가 이러고 있을 때가 아니지. 어
서 가자꾸나. 장주님을 뵈어야 하지 않겠느냐?"

그는 화사평의 손을 움켜잡고는 앞장섰다.

유두대는 마음이 얼마나 급한지 젊은 화사평이 오히려 끌려
가는 모양새였다.

"말씀하신 장주님이 혹시 아버지십니까?"

"그분 말고 또 누가 있겠느냐?"

화사평이 묻자, 유두대는 건성으로 대답하고는 발을 부지런
히 놀렸다.

화사평은 더 이상 그에게 묻지 않고 조용히 입을 다물었다. 궁금한 것이 한두 가지가 아니었지만, 어차피 조금 지나면 알게 될 일이었고, 지금은 유두대로부터 자세한 설명을 듣기에 힘든 상황임을 깨달았기 때문이다.

유두대는 넓은 마당을 건너고 몇 개의 건물을 지나 장원 중앙에 자리한 전각으로 화사평을 안내했다.

그리고 대청 앞에 도착한 유두대는 크게 소리쳤다.

"장주님! 사평이가 돌아왔습니다!"

그 말이 떨어지기가 무섭게 사십 중반의 여인이 급히 뛰어나왔다.

화사평은 그녀를 보는 순간 머릿속이 아득해졌다.

"어머니……."

"사평아!"

화사평의 모친인 서모화는 석상처럼 얼어붙었는지 움직이지 못한 채 아들의 이름을 불렀다.

잘생긴 화사평의 얼굴이 조금씩 일그러졌다.

비록 여염집 아낙이었으나 화사평이 집을 떠나기 전만 해도 그녀는 빼어난 미모에 탐스러운 검은 머릿결을 소유한 여인이었다.

그러나 지금의 그녀는 그렇지 않았다.

흰머리가 희끗거렸고, 값비싸고 고운 옷을 입었음에도 세월의 흐름이 여실히 그녀의 얼굴에 드러나 있었다.

그녀에게서만 시간이 빨리 흘러간 것일까?

유두대에 비해 훨씬 나이 들어 보이는 어머니를 보게 되자, 화사평은 가슴이 찢어지듯 아파왔다.

물어보지 않아도 알았다.

얼마나 자신을 그리워하셨겠는가? 아들에 대한 걱정 때문에 잠을 못 이루셨을 테고 그것이 그녀를 늙게 했으리라.

"죄송합니다, 어머니."

화사평은 그녀를 조용히 껴안았다.

다른 말은 할 수 없었다. 오직 죄송하다는 말, 그 말밖에 나오지 않았다.

서모화도 말을 잇지 못했다.

십 년하고도 이 개월 만에 다시 보는 아들이었으니, 묻고 싶은 게 태산처럼 많았지만 지금은 돌아왔다는 사실 하나만으로도 만족할 수 있었다.

두 사람이 해후의 기쁨에 젖어 있을 때, 한 남자가 대청에 들어섰다.

그는 황의 장삼을 입은 오십 초반의 초로인이었는데, 허리를 꼿꼿이 세우고 화사평을 노려보았다.

그의 눈빛에는 많은 의미가 담겨 있었다.

질책, 원망, 그리고 노여움.

화사평은 한쪽으로부터 전해오는 따가운 시선을 느끼고는 고개를 돌리다가 우뚝 멈췄다.

"아버지."

대청에 들어선 초로인은 바로 화사평의 부친, 화덕유였다.

그러나 그는 아무 말도 하지 않았다. 잠시 동안 무서운 눈빛으로 화사평을 쏘아보다가 신형을 돌려세우더니 그대로 대청 밖으로 나가 버린 것이다.

'아버지……'

화사평은 그런 화덕유의 뒷모습을 빤히 쳐다보면서도 입을 열지 못했다. 부친이 자신에 대해 느끼는 심정을 이제는 어느 정도 알 것만 같았기 때문이다.

"걱정 말거라. 곧 화를 푸실 게다."

서모화가 화사평의 얼굴을 쓰다듬으며 말했다.

"잘 돌아왔다, 정말로 잘 돌아왔어……."

그러면서도 흐르는 눈물을 멈추지 못했다.

그날 화사평은 서모화와 많은 이야기를 나누었다. 아니, 이야기는 대부분 서모화가 했고, 화사평은 듣기만 하였다.

그동안 무슨 일을 했냐는 서모화의 질문조차 제대로 대답하지 못한 채, 그냥 객잔에서 허드렛일을 하며 보냈다고 얼버무린 화사평이었으니 서모화가 원하는 대답을 해줄 수 있을 리 만무했다.

다행히도 서모화는 그 이상 화사평을 추궁하지 않았다.

그녀에게는 아들이 돌아온 왔다는 사실, 그 하나로 충분했다.

화사평이 집을 나간 뒤로 서모화는 한시도 아들을 잊지 못했다. 비단 그녀뿐만이 아니었다. 아내가 슬퍼할까 봐 쉽게 속마음을 드러내지 않았지만 이는 화덕유 또한 마찬가지였다.

그는 더 이상 가면을 만들지 않았다.

그가 가면을 만들지 않은 것만 봐도 얼마나 큰 상심을 했는지 알 수 있는 일이었다.

화덕유는 대신 쉬지 않고 밖을 돌아다녔다.

아내에겐 말하지 않았지만, 그가 외유하는 일이 많아진 것이 아들을 찾기 위함이라는 것을 서모화는 잘 알고 있었다.

그렇게 이 년이 흘렀을 때 화덕유는 엉뚱하게도 아들 대신 다른 것을 찾아냈다.

금광(金鑛).

금광은 어디까지나 나라의 재산이기 때문에 그는 곧바로 신고했고, 금광은 나라에 귀속되었다. 하지만 비록 금광이 나라의 소유라고는 하나, 처음 금광을 발견해 낸 화덕유에겐 보상으로 많은 재물이 내려졌다.

덕분에 하루아침에 부자가 되어버린 화덕유는 그 돈을 가지고 장원을 세우고, 장사를 시작했다. 그래서 실상 화사평이 번화가에서 본 많은 상점들 중 이 할 이상이 화덕유의 소유였다.

돈은 돈을 낳는다고 했다.

화덕유는 점점 부를 늘려 팔 년이 지난 지금엔 대읍에서도 세 손가락 안에 드는 부를 축적하게 되었다.

거기에 칠 년 전엔 타향으로 나갔던 화사평의 숙부 화철삼이 돌아왔다. 외지에서 무공을 익힌 그는 화덕유에게 돈을 빌려 무관을 열었는데, 꽤 높은 수준의 무공을 익혔는지라 많은 사람들이 그의 무관에 들게 되었다.

그렇게 몇 년이 흐른 후, 화철삼의 무관은 어엿한 강호의 문파로 탈바꿈했고 점점 위세를 넓혀 나가 지금엔 문도 수가 일백이 넘었다.

화사평의 동생도 열다섯이 되던 해 화철삼의 무관에 들었다 했으니, 화금장은 무인과 상인이 잘 조합된 집안이라 할 수 있었다. 그래서 지금의 부흥이 가능했는지도 몰랐다.

"나와!"

화사평은 누군가의 커다란 목소리에 잠에서 깨어났다.

창을 통해 밝은 햇살이 쏟아져 들어오는 것을 보니 어젯밤 모친과 오랫동안 이야기를 나눈 탓에 늦잠을 잔 게 분명했다.

화사평이 자리에서 일어나 옷을 챙겨 입을 때 또다시 그 목소리가 들려왔다.

"나오라니까!"

화사평은 자신을 찾는 사람이 궁금했지만 의복조차 차려입지 않고 남을 만나기는 싫었다.

"기다리시오."

화사평은 조금 힘주어 말하고 장삼을 집어 들었다.

쾅!

문이 부서져라 열린 것은 그때였다.

"나오라고 했잖아!"

화가 잔뜩 난 외침과 함께 약관으로 보이는 청년이 들이닥

쳤다.

화사평은 미간을 슬며시 찌푸리고는 청년을 바라보다가 놀란 표정을 지었다.

"남평?"

화사평은 그가 자신의 동생임을 한눈에 알아봤다.

비록 키가 커지고 목소리도 달랐지만, 갸름한 얼굴과 모양새는 어렸을 때의 남평과 꼭 닮았다.

"용케도 나를 기억하고 있군."

"내가 어찌 너를 잊을 수 있겠느냐? 그동안에 많이 자랐구나."

화사평은 동생을 만났다는 기쁨에 얼굴 가득 미소를 지으며 그에게 다가갔다. 그러자 화남평이 한 걸음 물러섰다.

"이곳에 무슨 염치로 돌아온 거지?"

화사평은 자신도 모르게 걸음을 멈췄다.

그제야 화남평의 얼굴에 떠오른 표정이 형을 만났다는데서 오는 기쁨이 아닌, 다른 것이라는 사실을 알아보았다.

그것은 마치 역겹고 더러운 물건을 보았을 때 짓는 표정이었다.

적어도 화사평이 기억하는 한 동생은 이런 표정을 지은 적이 없었다. 동생은 언제나 생기발랄했고 잘 웃었다.

쉽게 웃지 않는 화사평은 동생의 그런 점을 항상 부러워하지 않았던가?

"형에게 불만이 있느냐?"

"불만? 말도 없이 집을 나가 십 년이 넘게 돌아오지 않더니 이제 와서 기껏 한다는 소리가 불만이 있냐고?"

되묻는 화남평의 목소리에는 독기가 깃들어 있었다.

화사평은 속으로 깊은 한숨을 내쉬었다.

'이래서 어제 그런 말씀을 하셨구나.'

서모화는 동생을 만나려 하는 화사평에게 나중에 만나라 했었다. 그 이유를 이제야 안 것이다. 마땅히 기뻐하리라 예상했던 동생에게 이런 대접을 받고 보니 화사평은 가슴이 쓰라려 왔다.

"너에겐 미안하구나."

"내게 미안해할 필요 없어. 당신이 미안해해야 할 사람은 어머니와 아버지야."

'당신?'

화사평은 동생을 뚫어져라 쳐다봤다.

분명 당신이라 불렀다. 이젠 형이라 생각조차 안 한단 말인가?

"남평아."

동생을 부르는 화사평의 음성이 깊게 가라앉았다.

"나는 네 형이다."

"웃기지 말라 그래. 난 형이 없으니까."

"화남평!"

화사평이 동생의 이름을 성까지 붙여서 부를 때는 정말 화가 났을 때였다.

예전에도 가끔씩 화사평은 어린 동생에게 엄하게 굴고는 했다. 그때는 장난을 지나치게 많이 쳐서 그랬지만, 지금은 그 당시와는 차원이 달랐다. 화사평이 동생의 성명을 부르면 심상치 않은 분위기를 눈치챈 화남평은 살갑게 웃으며 양손을 싹싹 비벼댔었다. 그러면 언제 그랬냐는 듯이 금방 화가 풀어지는 화사평이었었다.

하지만 지금 이 자리에 그때의 화남평은 없었다.

그는 오히려 눈을 가늘게 뜨고는 화사평의 위아래를 훑어보며 비웃었다.

"몸은 꽤 좋네. 어디서 무공이라도 익혔나 보지?"

화사평은 고개를 저었다.

"난 무공을 익히지 않았다."

하지만 화남평은 씨익 웃으며 코웃음을 쳤다.

"거짓말하고 있네. 딱 봐도 알겠구만. 십 년이면 그리 짧은 시간이 아니니 어느 정도의 수준엔 올랐을 듯싶은데? 어때, 나와 한번 겨뤄보는 게. 이기면 형이라고 불러줄 수도 있고."

화남평의 비아냥거림에 화사평은 정말로 노기가 치솟았다.

"이 녀석이!"

그가 손을 치켜들었다.

아무리 화가 났어도 그는 진짜로 동생을 때릴 생각이 없었다. 단지 시늉만 했을 뿐이다. 하지만 화남평은 그렇지 않았다.

퍽!

화남평이 순식간에 앞으로 전진하며 우장을 밀어냈던 것이다.

"컥!"

가슴을 정통으로 가격당한 화사평이 비틀거리며 뒷걸음질치다 침상에 걸려 볼썽사나운 모습으로 주저앉았다.

화사평은 숨 쉬기가 힘들었다.

몇 번을 컥컥대던 화사평이 한참 만에 고개를 들었을 때 그 앞에는 화남평이 서 있었다.

"이런. 정말이었나 보네?"

"너……."

화사평은 말조차 떨려 나왔다. 그만큼 동생에게 예기치 못한 공격을 당한 충격은 컸다. 그러나 그런 화사평을 내려다보던 화남평은 여전히 이죽거렸다.

"미안하게 됐어. 이렇게 어설픈 한 수조차 피하지 못할 줄은 미처 생각지 못했거든."

가슴을 움켜잡으며 화사평이 뭐라 소리치려 할 때였다.

"지금 무슨 짓을 하고 있는 거냐!"

서모화의 호통 소리가 방 입구에서 들려왔다.

그녀는 화사평과 밤사이 못다 한 이야기를 나눌 겸 해서 그를 깨우러 온 것이었다.

"너, 지금……?"

서모화는 가슴을 쥐며 고통스러워하는 화사평과 그 앞에서 실실 웃고 있는 화남평을 보고는 사태를 짐작했다.

서모화의 얼굴이 시뻘겋게 달아올랐다.

서모화가 화남평에게 무서운 얼굴로 다가가자 화사평은 언제 아팠냐는 듯이 벌떡 일어나 그녀 앞을 가로막고 섰다.

"오해 마세요, 어머니. 남평과는 아무 일도 없었습니다. 잠시 옛 이야기를 나누고 있었을 뿐입니다. 그렇지 않느냐?"

화남평은 화사평의 얼굴을 보고 피식 웃고는 신형을 돌려세웠다.

"그렇다고 해두지."

그리고 밖으로 나가 버렸다.

"거기 서지 못하겠느냐?"

서모화가 뒤에서 소리쳤지만, 화남평은 그대로 사라져 버렸다.

"저, 저 녀석이."

"남평이가 너무 오랜만에 만나지라 쑥스러워서 그런 것이니 심려치 마십시오, 어머니."

화사평은 그때까지도 화를 풀지 않고 있는 서모화를 달랬다. 하지만 서모화라 해서 방금 전의 사태를 눈치채지 못할 리 없었다.

"휴우. 저 녀석이 아직 철이 없어서 그러니 네가 이해해 주려무나."

"잘 알고 있습니다."

"네가 집을 나간 이후 가장 많이 울고 찾은 사람이 저 아이다. 그것이 너무 심해진 나머지 너에 대한 원망을 쉽게 풀지 못하고 있는 게야."

화사평은 고개를 숙였다.

말하지 않아도 알았다.

거기다 동생은 자신이 없는 동안 어머니와 아버지가 얼마나 가슴 아파했는지 옆에서 지켜보았다. 그런 원인을 만든 자신에 대한 원망이 어찌 쉽게 잊힐 수 있겠는가.

"남평이는 제가 천천히 달래보겠습니다."

"그래그래."

서모화는 고개를 끄덕이며 화사평을 그윽하게 바라봤다.

화사평은 서모화가 진정된 듯 보이자 조용히 말을 꺼냈다.

"어머니, 한 가지 청이 있습니다."

"개의치 말고 말해보거라."

"장사를 해보고자 합니다."

서모화는 의외라는 듯이 눈을 한차례 치켜뜨더니 이내 수긍하고는 대답했다. 아무래도 장남이다 보니 뭔가라도 하는 일이 있는 게 좋았다.

"좋은 생각이구나. 내 네 아버지께 말씀드려서 가게 하나를 내주도록 말해보겠다. 포목점 정도면 적당할 듯한데……."

이에 화사평은 급히 손을 저었다.

"아, 아닙니다. 그런 거창한 가게가 아니고 일단은 조그마한 가판장사라도 해볼까 생각합니다."

"가판장사라니? 우리가 가진 가게만 해도 몇 개인데. 그럴 게 아니고 이 어미 말을 듣거라. 포목점이 싫다면 다른 일을 할 수도 있어. 굳이 그런 일을……."

"아닙니다. 그건 어디까지나 아버지께서 일구신 일이니, 저로서는 그럴 면목이 없습니다."

서모화는 잠시 생각했다.

가업이 싫다고 집을 뛰쳐나간 화사평이었다. 그러니 그의 말도 충분히 일리가 있었다.

"하면 어떤 일을 하고자 하느냐?"

"몇 가지 장신구라도 팔아볼까 싶습니다만, 한 번도 해보지 않은 일이라서……."

서모화는 아들의 어깨에 손을 얹었다. 그리고는 빙그레 웃었다.

"너는 어떤 일이든 잘해낼 게다. 지금까지 네가 못한 일이 있느냐? 그 어렵다는 가면 만드는 일까지 척척 해냈으니 장사라 해서 별다를 게 없다. 그러니 한번 해보거라. 이 어미가 시작은 마련해 주마."

"감사합니다, 어머니."

자신을 독려해 주는 서모화를 향해 그는 환한 미소를 지었다. 그녀의 말을 듣고 보니 모든 일이 잘 풀릴 것만 같은 기분이 들었다.

第二章
십변화신(十變化身)

십벌
화신

도박장.

　도박장에서는 사람을 둘로 나눈다.

　돈이 있는 사람, 그리고 그렇지 않은 사람.

　초저녁 화천의 자그마한 도박장의 문이 열렸을 때, 제일 처음 안으로 들어서는 노인은 화려한 비단 옷을 걸친 것이 한눈에도 전자에 해당하는 사람이었다.

　거기다 도박장에서 손님을 자리까지 안내해 주는 일을 담당하는 막총이 보기에 노인은 초짜가 분명했다.

　그는 잽싸게 노인에게 다가가 미소 지으며 말을 걸었다.

　"어서 오십시오. 이곳엔 처음이신가 봅니다."

　노인은 그를 슬그머니 쳐다보더니 말했다.

"복산을 보러 왔네."

"……."

순간 막총의 표정이 기이하게 변했다.

"왜? 뭐라도 잘못됐는가?"

"아닙니다. 한데 그분은 왜 찾으시는지?"

"친구일세. 난호라고 전해주게."

그 말을 끝으로 노인은 입을 다물었다.

막총은 머리를 긁적이고는 사라졌다. 그리고 다시 나타난
그는 노인을 도박장 끝에 위치한 초라한 방으로 안내했다.

호롱불 하나로 주위를 밝히고 있는 방 안은 밖과 마찬가지
로 초라했다.

아니, 자그마한 탁자 하나가 전부였으니 초라하고 말 것도
없었다. 탁자 너머로 흑의를 입은 노인이 앉아 있지 않았더라
면, 영락없이 감옥이라 생각되는 방이었다.

흑의노인이 자리에서 일어나며 조용히 웃었다.

"이게 얼마 만인가? 자네가 나를 찾아오다니 세상 오래 살
고 볼 일이로군."

난호라 자신을 밝힌 노인은 아무 말 없이 복산의 맞은편에
놓여 있는 의자에 앉았다.

한데 그는 복산과는 달리 얼굴이 한껏 굳어 있었다.

"어찌 나를 찾아왔는가?"

"부탁이 있어서네."

"허허. 부탁이라니. 자네 같은 부호가 어찌 나 같은 사람에

게 부탁할 게 있겠는가."

그는 믿지 못하겠다는 듯 고개를 저었다.

그를 찾아온 난호는 부자였다. 그것도 그냥 부자가 아니라 하나의 성을 살 수 있을 만큼의 부자였다.

중원을 통틀어서도 열 손가락 안에 드는 갑부. 그런 대부호가 바로 난호였다.

"살수를 소개해 주게."

"……!"

순간 웃고 있던 복산의 표정이 딱딱하게 굳었다.

"자네라면 할 수 있을 거라 믿네. 하오문의 부문주에게 그 정도의 능력도 없으리라고는 생각지 않으니까."

"아무리 자네가 어린 시절의 친구라고는 하나 살수를 소개해 주는 일은 할 수 없다네."

"돈이라면 충분해."

그 말에 복산의 입가에 언뜻 미소가 어렸다 사라졌다.

그가 원했던 대답은 그것이었다.

바로 돈.

모든 무림 문파가 이익을 추구하지만, 하오문은 그중에서도 가장 돈을 밝히는 문파였다. 어쩌면 태생 자체가 시정잡배였기에 그런지도 몰랐다.

복산은 그런 하오문의 다섯 명의 부문주 중 한 명으로서 충분히 이득을 취해야만 했다. 비록 난호가 어렸을 때의 친구라 해도 말이다.

그런 사실을 잘 아는 난호였기에 시작부터 대뜸 돈은 충분하다 말한 것이기도 했다.

"자네에게 굳이 살수를 고용해야 할 정도로 큰 일이 있었나? 자네 아래에도 쓸 만한 무인들이 많지 않나?"

난호는 이름난 부호였기 때문에 그에 따라 주위에는 많은 호위무사들이 있었다.

"그들로는 안 되네."

"허어. 상대가 만만치 않은가 보군."

복산이 운을 뗐으나 난호는 대답하지 않았다. 그것은 곧 긍정이기도 했다.

"말해보게, 죽여야 할 자가 누군가? 그걸 알아야 적당한 살수를 소개해 줄 게 아닌가?"

난호는 한차례 지그시 입술을 깨물고는 이윽고 입을 열었다.

"뇌서중일세."

"뭐?"

순간 복산은 버럭 소리치며 자리에서 벌떡 일어섰다.

그는 얼마나 놀랐는지 두 눈이 화등잔만 하게 커져 있었다.

"자네, 지금 뭐라 했는가?"

"내가 죽이고 싶은 자는 뇌서중이라 했네."

난호는 표정에 변화가 없었다. 단지 진한 원한이 깃든 눈으로 복산을 바라볼 뿐이었다.

"이, 이런……."

복산은 당황스러웠다.

그만큼 뇌서중이란 이름이 주는 무게는 남달랐다.

천하엔 수많은 문파들이 있다. 그중에서도 전통적으로 명문 대파라 칭해는지는 것들에는 구대문파가 있다.

그러나 그들은 어디까지나 오랜 역사와 전통을 간직했기에 구대문파라 불릴 뿐 지금에 있어서 가장 강한 문파는 그들이 아니었다.

통천삼세(通天三勢).

바로 이들 세 문파였다.

그리고 뇌서중은 통천삼세 중 태흑도문(太黑刀門)의 문주이 자 환우삼성 중의 한 명인 천후일도(天吼一刀) 뇌력군의 손자 였으니, 복산의 반응은 어쩌면 당연한 것이었다.

"자네 미쳤는가? 어찌……."

"미치지 않았네."

"미치지 않았는데 어떻게 뇌서중을 죽이고 싶어하는가? 그 는 죽이고 싶어도 죽일 수 있는 사람이 아니네. 그리고 만에 하나 성공했다 해도, 자네는……."

"나는 상관없네. 내가 죽어도, 그리고 나의 모든 재산이 사 라진다 해도 말일세."

복산은 그의 마지막 말에 자연스럽게 신경이 갔다.

모든 재산이 사라져도 좋다? 그만큼 한이 맺혀 있다는 뜻이 었다.

"진심인가, 방금 자네의 말?"

"물론이네."

"무슨 연유에서 그를 죽이고자 하는지 물어봐도 되겠는가?"

"말하고 싶지 않네."

난호는 단호하게 대답했다.

"그래, 그렇겠지."

복산은 당연하다는 듯 고개를 끄덕였다. 그는 의례상 물어본 것뿐이었다. 굳이 그의 사정을 듣고 싶지 않았다.

그로서는 알 필요도 없었고, 알아서도 안 됐다.

그것을 안다는 것은 곧 뇌서중의 치부를 아는 것이었으니, 아무리 하오문 부문주의 신분이라 해도 그것은 위험천만한 일이었다. 통천삼세를 적으로 돌리는 것은 미친 짓이었으니까.

그는 침으로 입술을 적시고는 입을 열었다.

"천하에는 수많은 살수 집단이 있다네. 쓸 만한 것들만 뽑아도 대충 오백여 개가 넘지. 그런 것을 보면 세상이 참 어지럽다는 사실을 어렵지 않게 짐작할 수 있어."

"본론만 말하게. 어느 살수가 뇌서중을 죽일 실력을 가지고 있는가?"

"허어, 이 친구. 왜 이리 급하게 구는가? 기본적인 정보도 모르고서 어찌 살수와 접촉하려는 겐가? 그자들을 상대하는 것은 결코 쉽지 않은 일이라네."

"……."

복산은 난호가 자신의 말을 알아들은 듯하자 말을 이었다.

"요월파, 사목채, 그리고 행천도 등이 그중에서 최고라 할 만한 살수 집단이야. 그러나 말일세."

그는 난호가 자신의 말에 집중하고 있는지를 확인한 후 목소리를 한층 낮게 깔았다.

"그들 모두는 강호에 이름이 알려진 살수 집단들이네."

"자네 말은 최고의 살수는 아직 이름이 알려지지 않았단 뜻이로군."

"비슷하네. 나도 하오문의 부문주 중 제일좌에 오르기 전까지는 전혀 몰랐으니까."

복산은 하오문 다섯 명의 부문주 가운데서도 가장 높은 위치에 있었다.

즉, 현 문주에게 변고가 있을 시 바로 문주를 대신할 수 있는 자리, 제일좌가 바로 그의 직위였다.

때문에 현 문주가 알고 있는 일의 대부분을 그는 알고 있었다. 그렇게 제일좌에 오름으로 해서 듣게 된 하나의 살수 문파, 그것을 지금 밝히려 하고 있는 것이었다.

"그들이 누군가?"

기다리지 못한 난호가 먼저 물었다.

"망혼곡(忘魂谷)."

복산은 짧게 대답했다. 그리고 잠시 기다렸다가 다시 말을 이었다.

"하지만 정확히 말하자면 그들이 아닐세."

"대체 무슨 소린가, 그들이 아니라니?"

"그들은 여러 사람을 지칭하는 말 아니던가? 그러니 정확히

하자면 그라 칭해야 하네. 망혼곡에서도 뇌서중을 죽일 수 있는 자는 단 한 사람뿐이니까."

"그가 누군가?"

복산은 쉽게 그 이름을 입 밖으로 꺼내지 못했다.

무언의 두려움이 그를 감싸 안았고, 그 이름을 소리내어 말하는 것조차 두려워하는 듯했다.

그러나 이미 알려주기로 한 것. 그는 천천히, 그리고 한 자한 자 뚜렷하게 말했다.

"그는 십변화신(十變化身)이라 하네."

그러자 복산의 두려움과 반대로 난호는 만족스러운 듯 고개를 끄덕였다.

"열 가지로 변한다는 뜻이로군."

"그가 왜 그런 별호를 얻게 되었는지는 아무도 모르네. 물론 이름도 모르지. 하지만 어느새인가 그는 십변화신으로 불리기 시작했네."

이후 복산은 망혼곡으로 가는 행로와 그들과 접선하는 방법까지 자세히 설명해 주었다.

모든 설명을 듣고 난 난호는 오늘 내로 돈을 보내주기로 약속한 후 주저없이 방을 벗어났다.

난호가 사라지고 홀로 방에 남게 된 복산은 탁자를 손가락으로 두드리며 중얼거렸다.

"잘 가게, 친구. 그래도 강호에서조차 몇 명 알지 못하는 십변화신이라는 별호를 들었으니 후회는 없을 거네."

그는 자리에서 일어났다. 그리고 방을 나섰다. 그에게는 지금부터 해야 할 일이 남아 있었다.

*   *   *

화사평은 아침식사를 마친 후 대읍 중심가로 나갔다. 그가 밖으로 나온 이유는 두 가지에서였다.

하나는 가판을 설치할 적당한 장소를 알아보는 것이었고, 또 다른 하나는 아직 뵙지 못한 숙부에게 인사를 드리기 위해서였다.

그는 중심가까지 오는 동안 주위를 훑어보며 적당한 자리를 물색했으나 마땅한 장소를 찾을 수 없었다. 이미 길거리 주위로 번듯한 가게들이 줄을 지어 늘어서 있었기 때문이다.

'역시 이것도 쉬운 일이 아니구나.'

화사평은 씁쓸한 웃음을 지었다.

어떤 장사든 목이 중요하다. 사람들의 왕래가 많아야 하고, 시야가 좋아야 한다.

중심가까지 오는 동안 가판장사를 하기에 적당한 자리들은 몇 군데 있었지만 이미 다른 이들이 장사를 하고 있었던 것이다.

화사평은 마음을 바꿨다.

먼저 자리를 알아본 뒤에 홀가분한 마음으로 숙부를 찾으려 했는데, 그러려면 시간이 꽤 오래 걸릴 듯싶었다. 해서 숙부에게 먼저 가보기로 했다.

화철삼의 문파는 중심가에 있는 데다 꽤 큰 규모였기 때문에 화사평은 오래 걸리지 않아 찾아냈다.

그는 서월문(曙月門)이란 현판을 확인한 후, 정문을 지키고 있는 두 명의 무인 중 한 명에게 자신의 이름과 화금장에서 왔다고 신분을 밝혔다. 그리고 문주를 뵙기를 청하자 무인은 곧바로 문주의 처소까지 그를 안내해 주었다.

하나 문주가 있는 전각까지 오는 동안 화사평의 기분이 썩 좋은 것은 아니었다.

무엇 때문인지 모르나 그를 안내하는 무인이나 문 내에서 수련하고 있는 사람들이 힐끗거리며 화사평을 쳐다봤기 때문이다. 뿐만 아니라 그중 몇은 대놓고 비웃음 어린 시선을 주기도 했다.

하지만 화사평은 크게 신경 쓰지 않기로 하고 전각 안으로 들어섰다.

"왔느냐? 네가 사평이로구나."

"처음 뵙겠습니다, 숙부님."

화사평이 정중히 인사를 하자 화철삼이 자리를 권했다.

화사평이 느낀 화철삼의 첫인상은 그가 매우 남자답게 생겼다는 것이었다.

구레나룻을 멋스럽게 기르고 양어깨는 떡 벌어졌으며, 만면에 시원한 미소를 짓고 있는 모습은 책을 읽고 상상하던 호걸의 모습 그대로였다.

"십 년 넘게 집을 떠나 있었다지?"

화사평은 그가 과거 이야기를 꺼내려 하자 다시 머리가 아파오려 했다.

"잠시 밖을 경험하고 싶었습니다."

"하하하! 그래. 사내라면 자고로 그런 면이 있어야 한다. 나역시 스물이 되기 전에 집을 나갔었다. 그리고 천하를 주유했지. 너도 가면 만드는 일이 지겨워서 그랬느냐?"

"그것은……."

화사평이 머뭇거리자 화철삼이 다시 대소를 터뜨렸다.

"크하하. 괜찮다, 괜찮아. 너는 나와 비슷하면서도 조금 다르구나. 듣자 하니 넌 가면 만드는 재주가 매우 뛰어났다 하던데, 난 아예 제대로 만들지도 못했거든. 그래서 선친께 허구한 날 혼이 났지. 난 그게 싫어서 뛰쳐나갔다. 하지만 이날 이때까지 후회한 적이 없다, 그분의 임종을 지키지 못한 단 한 번을 제외하고는 말이다."

화사평이 그의 말에 고개를 끄덕이자 갑자기 화철삼이 불쑥 물었다.

"그래, 넌 어떤 무공을 익혔느냐?"

"……?"

화사평의 무슨 말이냐는 듯이 그를 쳐다봤다.

"어허, 이 숙부를 속일 생각은 말아라. 지금 너의 몸은 결코 그냥 만들어질 수 있는 게 아니다. 뼈를 깎는 수련을 하지 않고서는 불가능하지. 그러니 비밀로 해줄 테니 이 숙부에게만 살짝 말해보아라. 동생에게 일부러 맞기까지 하고……. 쯧쯧, 그렇게까지 해서 무공을 익혔다는 사실을 숨기고 싶었느냐?"

"……."

화사평은 당황스러웠다.

오늘 아침에 일어난 일을 그가 알고 있으리라고는 미처 예상치 못했다.

그리고 이곳의 사람들이 왜 자신을 그런 눈빛으로 쳐다봤는지 그 이유를 이제야 깨달았다.

숙부가 알고 있다면 이곳의 다른 무인들도 알고 있을 확률이 높았다. 동생보다 약한 형이니 무인들의 입장에서는 한심해 보였을 터다.

게다가 동생도 그렇고 숙부도 그렇고, 똑같은 말을 하고 있었다. 설마 하니 정말로 자신이 무공을 익혔단 말인가? 하지만 화사평은 고개를 저었다.

'익혔으면 어떻고 아니면 또 어떤가. 기억하지도 못하는 것을.'

"정말입니다. 저는 무공을 모릅니다."

화철삼은 턱을 긁적이며 그를 유심히 쳐다보다가 손을 내밀었다.

"팔을 내밀어보거라."

화사평이 팔을 내밀자, 그는 맥문을 잡고는 눈을 감았다. 그리고 한참 만에야 눈을 뜬 그는 멋쩍은 웃음을 지었다.

"미안하구나. 내가 착각했다. 너는 확실히 무공을 익히지 않았다."

그가 확인한 바로 화사평에게서는 무인이라면 당연히 있어야 할 내공이 느껴지지 않았다. 범인 수준, 딱 그 정도의 정기만을 가지고 있었다.

"혹시 외공만을 익혔을 수도 있겠으나, 그것만 가지고는 진정한 무인이라 할 수 없으니……."

화철삼은 실망한 기색이 가득했으나 화사평은 그렇지 않았다. 그로서는 무공의 필요성을 크게 느끼지 않았다.

"어떠냐? 지금도 늦지 않았다. 우리 서월문에 들어 남자답게 무공을 익혀보는 것 말이다. 남평이를 보면 너 역시 빠른 시간 안에 큰 정진을 볼 수 있으리라 내 장담한다."

"말씀은 감사하오나 저는 이미 해야 할 일을 정했습니다."

"그게 무엇이냐?"

"가판상입니다."

"……."

순간 화철삼의 표정이 미묘하게 일그러졌다.

화사평은 그의 반응을 어느 정도 짐작하고 있었기에 침착하게 말을 이었다.

"이미 늦었으니 지금 당장에라도 시작할 수 있는 일을 택했습니다."

"그래, 이해한다."

십 년간 집을 나갔다가 빈털터리로 돌아온 장남. 집에 밉보이지 않기 위해서는 눈에 보이는 뭔가를 먼저 하는 것이 어쩌면 당연할 수도 있었다.

　화사평은 이후 화철삼과 가벼운 이야기를 잠시 더 나누다 서월문을 나왔다. 그리고 저녁때까지 마을을 돌아다닌 끝에 의외로 괜찮은 자리를 하나 발견하고는 다행스런 기분으로 집으로 돌아갈 수 있었다.

＊　　　＊　　　＊

　통천삼세 중 태흑도문.

　그 태흑도문의 가장 심처에 위치한 오 층 전각 맨 위층은 하나의 거대한 방이었다.

　사방이 십 장에 이르고 그 안은 온갖 희귀한 장식들로 가득 채워져 있었으며, 서른여덟 개의 커다란 창을 통해 해가 뜰 때부터 질 때까지 햇빛을 받을 수 있게 만들어진 구조였다.

　그중 하나의 창가에 장신의 노인이 뒷짐을 진 채 밖을 바라보고 있었다.

　천후일도 뇌력군.

　노인은 중원무림 세 명의 절대자 중 일인이자 태흑도문주인 뇌력군이었다.

　그의 시선은 지금 막 정문으로 나가는 한 무리의 무인들을 향해 있었다.

　삼백 장이 넘게 떨어져 있는 그들을 바라보던 그의 입에서 조용한 음성이 흘러나왔다.

"저 아이들이 어디로 가는 거냐?"

그러자 어디서 들리는지 모를 음성이 대답했다.

"곧 알아보고 오겠습니다."

잠시 후 예의 정체 모를 음성이 다시 들려왔다.

"이전에 있었던 작은 공자의 일로 인해 난호가 살수를 고용하려 한다고 하오문의 부문주가 연락을 해왔답니다. 해서 이번 기회에 난호와 함께 그의 의뢰를 받은 살수 조직을 멸하려 백살대(百殺隊)가 출발했습니다."

뇌력군은 이마를 찌푸렸다.

"멍청한 녀석."

그의 손자 뇌서중은 무공엔 뛰어난 자질이 있으나 일 처리에는 미숙한 점이 많았다. 그랬기에 난호의 무남독녀를 겁간 후 죽이고 나서 시신을 제대로 처리하지 않았던 것이다.

덕분에 난호는 자신의 딸을 죽인 흉수를 알게 되었고, 그것이 난호가 가산을 모두 처분해서라도 뇌서중을 죽이려 한 이유였다.

"그럼 난호만 없애면 될 일이지, 살수 이야기는 또 어찌 된 거냐?"

"아무래도 요즘 실전을 치르지 못한 백살대다 보니 심심풀이라도 하라는 의미에서 그들까지 해치우라 명한 듯싶습니다."

뇌력군은 천천히 고개를 끄덕였다.

백살대라면 뇌서중을 따르는 무리로서 행동은 그다지 탐탁지 못하나 실력은 어느 정도 충분했다.

"알았다. 물러가거라."

그는 다시 창가를 향해 돌아섰다. 그런데 무슨 이유에서인지 한순간 그의 안광이 무섭게 번뜩였다.

"잠깐. 그 연락이 하오문의 부문주로부터 왔다 했느냐?"

"그렇습니다."

"부문주 중 누구냐?"

"일좌인 복산입니다."

"일좌? 하면 난호가 의뢰하려 한 살수 조직의 이름이 무엇인지 아느냐?"

"처음 듣는 이름이었는데, 망혼곡이라고 새로 생긴 듯싶습니다."

그 말을 듣는 순간 뇌력군의 표정이 무섭게 굳어졌다.

"회령(匯靈)."

"하명하십시오!"

"지금 당장 서중이를 들라 해라."

"봉명(奉命)!"

예의 목소리가 들려온 후 채 반 각이 가기 전에 화려한 청의 장삼을 입은 미공자가 방에 들어섰다.

"부르셨습니까, 할아버님."

뇌력군은 천천히 신형을 돌려세웠다.

한데 그는 매우 근엄한 표정에 예리한 안광을 번뜩이고 있었다.

분위기가 심상치 않음을 눈치챈 뇌서중이 화들짝 놀라 급히 무릎을 꿇었다.

"어리석은 놈!"

그의 머리 위로 불호령이 떨어졌다.

"가르침을 주십시오."

뇌서중이 쿵 소리나게 땅에 머리를 찧었다.

"적을 모르면 어찌 되느냐?"

"백전필패입니다."

뇌서중은 조부가 묻는 질문의 의중을 파악하지 못했으나 그에 대해 생각해 볼 겨를조차 없이 즉시 대답했다.

"아는 놈이 그런 짓을 했느냐?"

뇌서중이 슬며시 고개를 들었다. 그러나 뇌력군과 눈이 마주치자 급히 다시 숙였다.

"소손이 무지했습니다."

그는 사실 자신이 무엇을 잘못했는지 몰랐지만 그리 말할 수밖에 없었다.

"난호가 망혼곡에 들기 전에 반드시 처리하라고 백살대에 명해라. 그리고 그 즉시 돌아오라고 해. 알겠느냐?"

그 말에 고개를 숙이고 있던 뇌서중의 눈에 의아한 빛이 서렸다.

도무지 이해되지 않았다.

상대는 듣도 보도 못한 살수 조직이었다. 그런 살수 조직 하나 없애는 것은 백살대에겐 어린아이 손목을 비트는 것보다

쉬운 일이었다.

한데 지금 보이는 조부의 반응은 마치 큰일이라도 난 듯하지 않은가?

뇌서중이 잠시 생각하느라 대답을 하지 않자, 뇌력군이 노한 목소리로 물었다.

"불만이라도 있느냐?"

"소손이 무지하여 할아버님의 뜻을……."

"난호가 망혼곡에 들어가면 어찌 될 것 같으냐?"

뇌력군이 뇌서중의 말을 끊고 넌지시 다시 물었다.

그의 음성은 한없이 조용하고 가라앉아 있었지만, 오히려 그 무서움은 이전에 비할 바가 아니었다. 때문에 뇌서중은 등골이 저릿하고 다리가 후들거렸다.

순간 뇌력군의 입가에 가벼운 미소가 떠올랐다. 하지만 그것 역시 목소리만큼이나 섬뜩했다.

뇌서중이 조용히 있자 뇌력군은 예의 나지막한 음성으로 속삭이듯이 말했다.

"너는 죽는다."

"……!"

뇌서중은 자신도 모르게 번쩍 고개를 치켜들어 뇌력군을 올려다봤다.

"다시 말해주랴? 난호가 망혼곡에 들어가면 네놈은 반드시 죽는다."

그러자 뇌서중의 손발이 눈에 뜨일 정도로 떨렸다.

뇌력군의 말대로 뇌서중의 머릿속엔 자신의 죽는 모습이 그려지고 있었던 것이다.

어찌 된 일인지는 그 자신도 알 수 없었다. 자신이 떠올린 망상인지, 아니면 뇌력군이 보여주고 있는 환상인지 파악할 수 없었다.

하지만 형용할 수 없는 극도의 공포심이 그의 전신을 휘감았다.

"어, 어찌……."

뇌서중은 말을 더듬었다. 불경인 줄 알면서도 주체할 수 없었다.

"어떻게 그게 가능하냐 묻고 싶은 게냐? 실로 간단하지. 그곳엔 십변화신이 있으니까. 그자는……."

뇌력군은 그 뒤로 말을 잇지 않았다.

하지만 뇌서중은 뇌력군의 표정에서 확연히 깨닫는 게 있었다.

'조부님은 십변화신이란 그자를 만난 적이 있다!'

그는 놀라 까무러칠 지경이었다.

그자가 어느 정도로 가공할 고수이기에 조부가 저런 말을 하는 걸까?

자신이 반드시 죽는다는 뜻은 조부조차 그를 완벽히 막아내지 못한다는 뜻이지 않은가.

만약 다른 사람의 입을 통해 들었다면 절대 믿지 않을 터였다. 그러나 눈앞에서 조부가 하는 말이니 믿지 않을 수도 없었다.

뇌서중은 이 방을 나가는 즉시 망혼곡과 십변화신에 대해 자세히 조사해 보리라 마음먹었다.

그러나 그는 뜻을 이룰 수 없었다.

"너는 이 시간 이후로 내가 했던 말을 모두 잊어라. 아직은 일러. 그리고 앞으로 한 달간 자중하거라."

뇌력군이 쐐기를 박듯이 말했다.

자중이라는 것은 말이 좋아 자중이지, 한 달 동안 문밖으로 나가지 말라는 뜻이었다.

거기다 지금 들은 내용을 모두 잊으라고 하니 조사하고 말고도 없었다.

         *   *   *

서월문에 다녀온 다음날 아침, 화사평은 두툼한 보따리 하나와 나무판자, 그리고 작대기 몇 개를 등에 이고 화금장을 나섰다.

그리고 반 시진이 조금 못 되는 시간을 걸어 어제 물색해 놓은 장소에 도착했다.

그곳은 의외로 중심가에서 얼마 떨어지지 않은 곳이었는데, 네거리가 만나는 한쪽 모서리였다.

즉, 사람들의 왕래가 빈번하고 눈에도 비교적 잘 띄는 명당자리였다.

화사평은 등에서 짐을 내려놓고는 나무판자와 작대기를 이리저리 끼워 맞추기 시작했다. 그러자 단 몇 번의 손놀림으로 널따란 가판대 두 개가 만들어졌다.

'꽤 괜찮네.'

그는 어제저녁 집에 돌아와 나무를 손질했고, 쉽게 조립할 수 있는 가판대 두 개를 만들어놓았다.

그는 자신의 손재주가 녹슬지 않았다는데 흡족한 미소를 짓고는 보따리를 풀었다. 그 안에는 여인들이 사용하는 여러 종류의 장신구들이 들어 있었다. 이 물건들은 모두 서모화가 마련해 준 것이었다.

실상 장사 밑천이 전혀 없는 화사평인지라, 시작은 어쩔 수 없이 모친의 도움을 받을 수밖에 없었다.

서모화는 관두라고 했지만, 화사평은 돈을 버는 대로 모두 갚을 생각이었다.

뒤이어 화사평은 종류 별로 구분하여 하나씩 가판에 장신구들을 진열했다. 잠시 후 반지, 목걸이, 비녀들이 아침햇살을 받아 자신들만의 멋진 광채를 내며 가판 위를 가득 메웠다.

'좋아.'

모든 준비를 마친 화사평은 팔짱을 끼며 주위를 둘러봤다. 그제야 주변 가게들이 하나둘 문을 열기 시작했다. 아직은 행인이 별로 없을 시간대이긴 했지만 그래도 몇 명씩은 있었고, 활기찬 그들을 보자 화사평은 기분이 좋아졌다.

아침을 일찍 시작하는 것은 아무래도 부지런한 이들의 상징

과도 같은 일이었으니.

이각이 더 흐르자, 이제는 가판상들이 나타났다.

그들은 주변의 가게로 들어가 가판을 짊어지고 나와 설치하기 시작했다.

가판을 항상 지고 다니기는 힘이 들기에 밤 동안에는 아는 가게에 맡겨놓는 것이었다.

화사평은 새로운 한 가지를 배웠다고 생각하고는 가판상들이 설치하는 모습을 지켜보았다.

그런데 뭔가 이상했다.

그들은 화사평의 옆자리가 비어 있음에도 불구하고 좌우로 멀찍이 떨어져서 가판을 설치하고 있었고, 그를 힐끗힐끗 쳐다보곤 했다.

'왜들 그러는 거지?'

화사평은 자신의 얼굴에 뭐라도 묻었나 싶어 양손으로 얼굴을 몇 번이나 비벼봤지만 그들의 시선은 여전히 변하지 않았다.

이에 화사평은 아예 신경을 끊기로 했다.

자신에게 잘못이 없으면 그것으로 그만인 것이다.

아침 시간은 무척이나 빨리 흘러갔다.

해가 방금 전 뜬 것 같은데 어느새 중천에 이르렀다.

그사이 화사평이 있는 길거리를 지나다니는 사람도 부쩍 늘어 거의 가득 메우다시피 했다.

행인들은 여기저기 상점을 들락날락거리며 물건을 사댔고, 물건을 파는 것은 가판상들도 마찬가지였다.

그러나 불행하게도 이는 화사평에겐 해당되지 않았다.

그는 반나절이 지난 지금까지 단 하나의 물건도 팔지 못했다.

물론 재수가 없어서라고 단순히 치부할 수도 있었지만, 문제는 화사평도 자신이 물건을 팔지 못하는 이유를 알고 있다는 데 있었다.

다른 가판상들은 모두 입이 터져라 소리치며 호객행위를 했다. 가판 주위를 지나가는 사람들에게 연신 자신들의 물건을 자랑하고, 혹시라도 행인과 눈이라도 마주치면 손짓을 하며 불러대기 일쑤였다.

하지만 화사평은 그렇지 않았다.

아니, 그러지 못했다. 그는 천성적으로 과묵한 성격이기에 모르는 사람에게 쉽게 말을 걸지 못했다.

그가 하는 일은 단순히 팔짱을 낀 채 주위를 둘러보거나 죄 없는 장신구들을 뚫어지게 쳐다보는 게 다였다.

손님이 알아서 찾아오기만을 바라는 그의 행동은 어쩌면 상인으로서는 실격일지도 몰랐다.

화사평은 자신이 가판상 일을 너무 쉽게 생각했음을 깨달았다. 그는 굳이 부르지 않아도 손님이 알아서 와줄 것으로 정말 생각하고 있었던 것이다.

사실 지금까지는 그랬다.

그가 만든 가면은 인기가 있었고, 손님들이 그의 집을 찾아와 사갔기 때문이다. 그는 잘 만들기만 하면 되었지, 굳이 잘 팔려고 노력하지 않아도 됐었다.

하지만 가판상은 완전히 달랐다. 물론 물건도 좋아야 하지만 손님을 대하고 팔려는 노력이 더 많은 비중을 차지하는 게 가판상이었다.

'이대로는 안 돼.'

단 하나도 팔지 못하고 집에 돌아갈 수는 없었다.

팍!

갑자기 그의 얼굴이 가면으로 가려졌다.

분홍빛 뺨에 눈이 반달을 이루고 입이 양쪽으로 갈라져 웃고 있는 형상의 가면이었다.

가면을 쓰고 나자 기분이 한결 나아졌다. 그리고 할 수 있다는 자신감도 생겨났다.

행인들이 자신의 얼굴을 볼 수 없으니 부끄러움도 한층 덜했다.

그는 몇 번 주먹을 쥐었다 폈다 하고는 배에 가득 힘을 주었다. 그리고 소리쳤다.

"여기 좋은 물건이 있습니다!"

하지만 행인들의 반응은 없었다.

그가 나름대로 크게 했다 생각한 외침이었지만 다른 상인들의 목소리에 비하면 턱없이 작아 잘 들리지도 않았다.

그는 좌우를 둘러보며 이번엔 정말 목이 터져라 소리쳤다.

"여인을 위한 좋은 장신구들이 있습니다!"

순간 행인들뿐만이 아니라 주변에 있던 상인들까지 그를 향해 고개를 돌렸다.

방금 전 것은 오히려 너무 커 우레와 같았던 것이다.

'아!'

그는 막상 사람들이 자신을 쳐다보자 와락 부끄러움이 밀려왔지만 이번 기회를 놓칠 수 없었다.

"와서 보십시오. 만든 지 얼마 되지 않은 모두 새것들입니다."

그는 그동안 보았던 넉살 좋은 상인들의 입담을 떠올리며 나름 애를 썼다.

그의 노력이 빛을 발한 것일까?

그의 주위로 몇 명의 사람들이 몰려들었다. 그들은 특이하게 가면을 쓰고 장사하는 화사평을 재미있다는 눈초리로 쳐다보며 웃었으며, 가판에 마련된 장신구를 집어 들어 요리조리 살폈다.

"이거 얼마요?"

한 사내가 귀걸이를 집어 들며 물었다.

"동전 백 문입니다."

"이거는?"

또 다른 사내가 쌍으로 이뤄진 반지를 가리키며 물었다.

"오십 문입니다."

"괜찮은 가격이군."

사내는 고개를 끄덕이며 동전을 내밀었고, 화사평은 행여 누가 가져갈세라 조심히 받아 품에 넣었다.

'됐다!'

화사평은 속으로 기쁨의 탄성을 질렀다.

모든 일에는 시작이 중요하다는 말이 있듯이, 사람들의 관심을 받는 것은 처음이 어려웠지 그다음부터는 술술 풀려 나갔다.

특이한 가면과 가판상에서는 쉽게 볼 수 없는 좋은 품질의 장신구들은 손님들의 발길을 끌기에 충분했고, 그에 따라 화사평의 품속으로 들어가는 동전의 양은 점점 더 늘어갔다.

이제는 굳이 사람들을 불러 모으려 소리치지 않아도 사람이 사람을 부르듯이 가판 앞에 모인 손님들을 보고 또 다른 손님이 찾아들었다.

화사평은 예상치 못하게 장사가 잘되자 은근히 신이 났다.

이는 정말 오랜만에 느껴보는 감정이었다.

굳이 비교하자면 처음으로 가면을 만들고 아버지께 칭찬을 들었을 때가 지금과 비슷하리라.

그렇게 한참 장사를 하고 있을 때였다.

"어라? 여기 막내 자리 아냐?"

"맞습니다."

"그럼 이 새끼는 뭐지?"

길을 지나가던 세 명의 사내가 멈춰 서더니 화사평을 위아래로 훑어봤다.

사내들은 하나같이 덩치가 산만했는데, 소매 없는 옷에 굵은 팔뚝을 드러내고 있었다.

　그들은 서로를 향해 어이없다는 표정을 짓고는 화사평에게 다가왔다.

　"너, 뭐야?"

　민머리의 사내가 불쑥 물었다.

　화사평은 일시지간 뭐라 대답해야 좋을지 몰랐다. 사람에게 뭐냐고 물으면 뭐라 대답해야 하는가?

　그가 아무런 말도 하지 않고 있자 민머리사내의 입가가 일그러졌다.

　"하! 나 이 미친 새끼, 그 가면 안 벗을래?"

　분위기가 험악해지자 가판을 둘러싸고 있던 손님들이 하나둘 눈치를 보며 떠났고 순식간에 화사평과 세 사내만 남게 되었다.

　민머리사내는 화사평의 가면을 벗기려고 손을 내밀었다. 그 순간 감쪽같이 화사평의 가면이 사라지고 그의 진면목이 나타났다.

　화사평은 그의 손에 가면이 벗겨지는 것보다 차라리 자신의 손으로 벗는 게 낫다고 판단했다.

　"어? 뭐야? 재주도 피울 줄 아네? 그나저나 너 왜 여기서 장사해?"

　"이곳은 가판을 설치하면 안 되는 곳이오?"

　"뭐?"

화사평은 담담히 되물었다. 확실히 이번 질문은 처음에 비해 대답하기가 쉬웠다.

하지만 그것이 민머리사내의 기분을 상하게 했는지 그의 표정이 한층 더 일그러졌다.

겁을 주려는 의도가 분명했다. 하나 원래 겁이 없는 화사평은 그의 얼굴을 보고도 기가 죽지 않았다.

바로 며칠 전 보았던 흑의중년인의 무서운 살기에 비한다면 지금 눈앞에 있는 사내의 위협은 마치 어린아이의 장난과도 같았다.

"나 이 개새끼가 또박또박 잘도 말하네. 당연히 안 되지. 여긴 우리 막내 자리거든. 그놈이 탈이 나서 며칠 자리를 비운 건데 그사이에 다른 놈이 들어와 있으면 우리 막내가 얼마나 마음이 아프겠냐, 안 그래? 이 개새끼야?"

"말씀이 심하시오."

화사평의 얼굴이 눈에 띄게 굳어졌다.

참을성이 많은 그였지만, 이런 모욕은 태어나서 처음 접하는 것이었다. 그런데,

"근데, 이 새끼가!"

휘익!

눈 깜짝할 사이에 민머리사내의 주먹이 화사평의 얼굴로 날아들었다.

화사평은 뒤로 고개를 젖혀 피하려 했지만 조금 늦어 정면으로 가격당했다.

퍽!

머리가 뒤로 확 젖혀지고 주춤 한 걸음 물러섰다.

쾅!

민머리사내는 주먹을 회수하며 가판을 그대로 걷어찼다. 그 바람에 장신구들이 허공으로 떠올랐다 우수수 땅바닥에 떨어졌다.

"말씀이 심하다고?"

화사평은 급히 정신을 차리려 했지만, 가판을 걷어차고 들이닥친 민머리사내에게 멱살을 잡혔다.

그리고 이어지는 주먹 세례.

바위처럼 커다란 사내의 주먹이 배와 얼굴에 꽂힐 때마다 화사평의 전신이 들썩였다.

"쿨럭!"

결국 한 모금의 피가 화사평의 입에서 튀어나왔다. 그리고 서 있을 힘을 잃고 땅바닥에 엎드리듯 쓰러졌다.

第三章

무의식 속의 일초

섭벽
회신

퍼퍼퍼퍽.

화사평이 바닥에 쓰러졌음에도 사내는 멈추지 않았다. 아니, 함께 있던 두 명의 사내까지 가세하여 발길질을 해댔다.

흙먼지가 정신없이 나부끼고 흘린 피와 함께 그의 정갈했던 회의 장삼이 누더기로 변해갔다.

"으……."

갑자기 화사평이 머리를 감싸 쥐었다.

그것은 마치 맞으면서도 머리만은 보호하려는 본능처럼 보였다. 하나, 실상은 그렇지 않았다.

어이없게도 그는 세 사내가 해대는 발길질보다 머릿속을 짓누르는 두통이 더 고통스러웠다.

그것은 과거를 기억해 내려 할 때마다 찾아오던 낯익은 고통이었다.

고통은 민머리사내에게 얼굴을 가격당하면서부터 시작되었고, 점차 커져 나가 견딜 수 없을 지경이 되었다.

'비, 빌어먹을……'

고통이 커지면 커질수록 이런 일을 일으킨 민머리사내에 대한 증오가 커져 갔다. 그가 주먹을 날리지만 않았어도, 시비를 걸지만 않았어도 이 고통은 생기지 않았을 것이었다.

그리고 말도 안 되는 소리를 해대며 이유없는 폭력을 휘두르는 데서 오는 분노가 더해져 심장이 쿵쾅거리기 시작했다.

"헉헉, 뭐야? 이 새끼?"

발길질을 해대던 민머리사내가 멈추자 나머지 두 명도 멈추었다.

그들은 땅에 쓰러진 채 머리를 감싸 안고 부들부들 전신을 떨고 있는 화사평을 마치 이상하다는 눈으로 쳐다보고 있다.

그들은 이런 경우가 처음이었다.

이 정도로 많이 맞으면 기절하거나 전신을 힘없이 축 늘어뜨려야 정상이었고, 지금까지는 항상 그래 왔다.

한데 화사평은 정신을 잃지도, 몸에서 힘이 빠지지도 않았다. 물론 피야 흘리고 있었지만, 오히려 거칠게 숨을 몰아쉬는 게 발길질을 해댄 사내들이 더 지친 기색이었다.

민머리사내는 땀으로 흥건히 젖어 있는 이마를 훔치더니 화사평의 등에 침을 뱉었다.

"너 이 새끼 한 번만 더 눈에 띄면 그땐 이 정도로 안 끝나. 확 배를 갈라 버릴 테니까."

그는 그 말을 끝으로 마치 아무 일도 없었다는 듯이 두 사내와 함께 인파 속으로 섞여 들어갔다.

그들은 사라졌지만 그때까지도 화사평은 머리를 감싸 쥐고 고통에 몸부림치고 있었다.

양손이 벌벌 떨리고, 두 눈이 점점 충혈되어 갔다.

그때였다.

"어? 저 사람?"

근처를 지나가던 청년이 갑자기 발걸음을 멈췄다.

함께 있던 또 다른 청년이 의아한 눈으로 그를 쳐다보며 물었다.

"왜 그래?"

"남평아, 쓰러진 저 사람 어제 문주님을 만나러 왔던 너희 형 아니야?"

그는 땅바닥에 웅크린 채 있는 화사평을 손으로 가리켰다.

"뭔 소리를 하는……."

화남평은 웬 헛소리냐는 듯이 고개를 돌리다가 화사평을 발견하고는 우뚝 말을 멈췄다.

그의 두 눈이 점점 치켜떠졌다.

부들부들 떨고 있는 사람은 분명 자신의 형이었다. 그리고 땅바닥 곳곳에 번져 있는 핏자국, 흙먼지에 더럽혀진 장삼. 그것이 뜻하는 것은 하나였다.

누군가에게 맞았다는 것.

'어떤 새끼가……!'

화남평은 자신도 모르게 주먹을 으스러지게 쥐었다.

아무리 형이 아니라 부정해도 같은 피를 나눈 사실만은 결코 변하지 않는다.

그는 노기가 머리끝까지 솟구쳤다.

"어느 놈입니까?"

그는 주위에 있던 가판상인을 돌아봤다.

하지만 가판상인은 시선을 슬그머니 돌렸다. 함부로 실토했다가는 세 사내에게 당할 후환이 두려웠기 때문이다.

이에 상인의 마음을 눈치챈 화남평이 급히 덧붙였다.

"저는 서월문의 사람입니다."

과연 그 힘은 컸다.

서월문은 일개 파락호들이 상대할 수 있는 문파가 아니었다.

"세 명의 나호파(羅虎派) 놈에게 당했소."

"어디로 갔습니까? 그리고 어떻게 생겼습니까?"

"한 사람은 빡빡머리인데 세 사람 다 덩치가 크고 소매가 없는 옷을 입었소. 그리고 방금 전 저쪽으로 갔다오."

상인이 손가락으로 동쪽을 가리켰다.

하지만 그곳엔 사람이 너무나 많아 쉽게 그들을 찾을 수 없었다.

화남평은 무서운 눈빛으로 상인이 가리키는 곳을 노려보다가 청년에게 말했다.

"너는 여기 있어."

그리고 인파들을 헤치고 빠른 속도로 달려갔다.

"남평아?"

청년은 잠시 어찌할 바를 몰라 하더니, 화사평에게 다가가 그를 일으키려 했다.

"괜찮습니까?"

하지만 어찌 된 일인지 화사평은 꿈쩍도 하지 않았다.

화사평은 주위에서 무슨 일이 벌어지고 있는지 알지 못했다.

그의 모든 오감은 머리에 집중되어 있었고, 눈은 점점 충혈되어 이제는 완전히 시뻘겋게 변해 있었다.

'이, 이……!'

화사평은 분노로 몸서리쳤다.

팟!

그러던 어느 한 순간 그의 눈에서 피보다 붉은빛이 번쩍였다.

그와 동시에 화사평의 우수가 번개, 아니, 세상의 그 무엇보다도 빠르게 품 안을 휘저었고 밖을 향해 떨쳐졌다.

바로 곁에서 화사평을 주시하고 있던 청년조차 그 움직임을 전혀 보지 못했고, 그 어떤 소리도 듣지 못했다.

화사평은 여전히 머리를 감싸 쥐고 있었다.

다만, 변화가 있다면 그의 떨림이 어느새 멈추었다는 것 정도였다.

화남평은 사람들을 헤집고 뛰면서 허리춤에 매달린 검파를 쥐었다.

'죽여 버리겠다.'

왜 이렇게 화가 나는지 정확한 원인을 알 수 없었다. 부모에게 걱정만 끼친 채 십 년 만에 돌아온 형이니 애정보다는 반감이 더 많다.

그러니 지금의 분노가 어디에서부터 비롯되는지 이해되지 않았다. 하지만……

반드시 세 놈을 죽이겠다는 감정은 결코 거짓이 아니었다.

화사평이 있던 자리로부터 거의 오십여 장을 지났을 때였다. 갑자기 앞쪽에 사람이 많아졌고, 그들은 뭔가를 둘러싸듯 둥근 원을 형성하고 있었다.

"잠시만 비켜주시오."

그는 더 이상 달릴 수 없었다. 그만큼 앞을 가로막는 사람들이 많았다.

사람들 사이를 비집고 겨우 앞쪽으로 나간 그는 자신이 찾았던 세 사람을 발견했다. 그런데…….

"헛!"

화남평은 헛바람을 들이켰다.

그들 중 대머리는 없었다.

대신 그 자리엔 머리가 산산이 박살 난 채 쓰러져 있는 대한
이 있었다.

그리고 주위에는 시뻘건 피와 뇌수가 사방으로 퍼져 있었
고, 그 옆으로 넋이 나간 표정으로 주저앉아 있는 두 사내가 있
었다.

"어떻게 된 일이냐!"

화남평은 한 사내의 멱살을 틀어쥐고 흔들었다.

하지만 사내는 퀭하니 초점없는 눈으로 화남평이 흔드는 대
로 머리를 흔들었다.

짝짝!

화남평은 사내의 양 뺨을 거세게 후려쳤다.

"말 못해? 이게 어떻게 된 거냐고!"

그제야 두 눈을 몇 번 깜빡이던 사내가 어눌한 목소리로 대
답했다.

"길을 가고 있었는데, 형님이 웃고 있었는데, 갑자기 팍 하
고 머리가… 그리고는 저렇게……"

그는 손가락으로 머리가 없는 대한을 가리켰다.

횡설수설하는 사내의 말이었지만, 화남평은 알아들었다.

갑자기 머리가 터져 나가는 일은 없다.

무언가 충격이 가해졌기에 벌어진 것이다.

'도대체 무엇이?'

화남평은 죽은 사내를 놀란 눈으로 다시 쳐다봤다.

그의 시신은 참혹하여 대부(大斧)로 내리쩍어도 저런 꼴이

되진 않을 듯했다.

저 정도의 파괴력을 내려면 곤밖에 없었다. 하지만 곤이라 해도 두께가 사람 머리통만 해야 한 방에 저런 몰골을 만들 수 있으리라.

그렇지만 사내는 갑자기 머리가 터졌다고 했다. 그렇다면 곤도 아니다. 곤을 암기로 쓰는 사람은 없다, 그것도 통나무처럼 거대한 곤을.

그는 고개를 저었다.

사실 무기보다 더 중요한 문제가 남아 있었다.

바로 누구냐 하는 것이다.

화사평이 당하는 모습을 본 무림의 은거고인이 나섰을 가능성도 있다.

손을 쓴 사람이 은거고인이라면 자신은 결코 찾을 수 없었다.

그는 머리를 긁적였다.

갑자기 참혹한 꼴로 죽은 대한을 봐서인지, 세 명을 모두 죽이겠다는 의지가 모조리 사라져 버렸다.

"너희들 나호파지?"

아직도 정신을 차리지 못한 사내가 고개를 끄덕였다.

"좀 전에 네놈들에게 당한 그 사람. 앞으로 한 번만 더 건드리면 너희 나호파는 서월문 손에 영원히 사라지게 될 거다. 알아들었어?"

사내는 한차례 흠칫하더니 급히 고개를 끄덕였다.

화남평은 그를 바닥에 내동댕이치고는 신형을 돌려세웠다.

"으음……."

화사평이 천천히 몸을 일으켰다.

그는 입가로 피를 흘리고 있었지만, 그걸 제외한다면 정상이나 다름없었다.

얼굴과 배를 수없이 얻어맞았는데도 멍 자국 하나 없이 깨끗했고, 아픈 곳도 없었다.

그리고 결정적으로, 머릴 짓누르던 고통이 어느 한 순간 씻은 듯이 사라졌다.

그는 눈에서 붉은빛을 뿌리던 그 짧은 순간 자신이 어떤 행동을 했는지 전혀 기억하지 못했다.

그리고 그의 품 안에 들어 있던 대나무 잎 모양의 쇳덩이, 그것의 두께가 미세하게 줄어들었다는 사실도 알아차리지 못했다.

"어, 어디 아프신 곳은 없습니까?"

화사평은 그 목소리를 듣고서야 옆에 누군가가 있다는 걸 알아채고 고개를 돌렸다.

"괜찮소. 그런데 댁은……?"

"저는 남평이의 친구입니다. 같은 서월문에 몸을 담고 있지요."

"남평이가 여기 있었소?"

화사평이 사뭇 의외라는 듯이 물었다.

"세 남자를 쫓아갔습니다. 아! 저기 오는군요."

화사평이 그의 말에 고개를 돌리니 과연 화남평이 이쪽을 향해 걸어오고 있었다.

그의 표정은 심각하게 굳어져 있었는데, 화사평은 그것이 자신 때문이라고 생각했다.

"형이 못난 꼴을 보였구나."

화사평이 자조 섞인 목소리로 말했으나 화남평은 그런 그에겐 시선조차 주지 않고 청년을 잡아끌었다.

"가자."

"어? 갔던 일은 어떻게 되고?"

"끝났어."

"끝나다니? 뭐가 어떻게?"

"나중에 말해줄게."

화남평은 무뚝뚝하게 대답하고는 화사평과 잠시라도 함께 있기 싫은 듯 발걸음을 빨리했다.

그러더니 갑자기 걸음을 뚝 멈추고는 뒤도 돌아보지 않은 채 말했다.

"여긴 당신이 생각하는 것처럼 평화로운 곳이 아니야. 그런 허약한 몸으로는 방금 전과 같은 일이 수도 없이 일어날 거야. 그러니 괜히 밖으로 싸돌아다니지 말고 집에나 가만히 틀어박혀 있어."

화사평은 잠시지간 동생의 등을 묵묵히 쳐다보다 느릿하게 대답했다.

"그럴 순 없다."

"그럼 죽으시든지."

툭하니 내뱉은 화남평은 그 말을 끝으로 찬바람을 일으키며 가버렸다.

홀로 남은 화사평은 고개를 절레절레 저었다.

'너는 나쁜 놈이 못 된다, 남평.'

동생은 비록 매몰차게 말했지만 그 안에 숨은 속내는 바로 형제의 정이었다.

세 사내를 쫓아간 것만 봐도 쉽게 알 수 있었다. 그걸 동생은 인정하고 싶지 않은 것뿐이었다.

화사평이 집에 돌아오자, 가장 먼저 서모화가 달려왔다.

"사평아, 이게 대체 무슨 일이냐?"

그녀는 어찌 된 일인지 화사평이 험한 꼴을 당한 사실을 알고 있었다.

서모화는 수심 가득한 표정으로 아들의 몸을 쓰다듬으며 말했다.

"안 되겠다. 너 당장 가판상을 그만두거라."

"남평이가 왔다 갔습니까?"

"그래. 그 녀석이 그러더구나. 네가, 네가……."

그녀는 차마 아들의 자존심을 생각해서 대로에서 맞았다는 말을 하지 못했다.

화사평은 빙긋 웃었다.

"그 녀석이 과장해서 말씀드렸군요. 잠시 말다툼이 있었을 뿐입니다. 그리고 좋게 해결됐어요. 보세요, 저 멀쩡하잖아요."

그의 말대로 그는 멀쩡했다. 그리고 옷도 나갈 때와 마찬가지로 깨끗했다.

"저, 정말 괜찮은 게냐?"

"그럼요. 그러니 걱정하지 마세요. 남자들끼리의 언쟁은 어디서나 벌어지는 일이잖아요."

"그렇긴 하다만……."

그녀는 의심스러운 눈초리로 아들을 쳐다봤지만 결국 눈치채지 못했다.

화사평이 그 일이 있은 직후 얼굴에 묻은 피를 지우고 옷까지 깨끗이 빨아 반나절에 걸쳐 말린 후 돌아왔다는 사실을.

"그리고 이거 받으세요."

화사평은 품에서 동전 주머니를 꺼내 서모화의 손에 쥐어주었다.

"제가 번 돈이에요."

"이걸 왜 내게? 아니다. 네가 번 돈이니 네가 가져야지."

서모화가 당치도 않은 듯 고개를 저으며 화사평에게 주려했으나 그는 받지 않았다.

"아니에요. 처음으로 번 기념이니 어머니가 가지셔야 돼요."

"이상한 말을 하는구나. 너는 어렸을 때부터 가면으로 돈을 벌지 않았느냐?"

그녀는 아들의 말을 이해할 수 없었다.

화사평이 열 살이 되던 해부터 만든 가면은 좋은 값에 팔려 나갔다. 오히려 화덕유가 만든 것보다 더 후한 값을 받지 않았던가?

"그때와 지금의 돈은 의미가 다릅니다. 제가 처음으로 돈을 벌려 마음먹었고, 또한 제가 하고 싶은 일을 통해 번 돈이니까요."

화사평이 가면을 만든 것은 재미가 있어서지, 돈을 벌려는 목적에서가 아니었다. 그랬기에 그 일은 진정한 의미에서 직업이라 할 수 없었다.

게다가 집을 뛰쳐나온 이후 한 달의 기억밖에 없지만 돈의 소중함을 깨닫기엔 충분한 시간이었다.

동전 주머니에 든 돈의 액수는 중요하지 않았다. 특히 지금처럼 화금장이 부를 이룬 상황에서는 가판상으로 설사 일 년을 모았다 하더라도 그건 푼돈에 불과할 것이다.

하지만 적은 돈일지언정 화사평에게는 각별한 의미가 있었고, 그런 돈을 꼭 어머니께 드리고 싶었다.

화사평의 말을 들은 서모화는 잠시 생각하다가 동전 주머니를 소중히 품에 넣었다.

"오냐. 네 뜻이 정 그렇다면 받기로 하마."

그녀는 포근한 미소를 지었다.

아마도 그녀는 평생 동안 이 돈을 간직하리라.

화사평은 고집을 버리지 않았다.

위험하다는 동생의 당부 아닌 당부가 있었으나, 그는 변함없이 다음날에도 같은 자리에 가판을 설치했다.

화사평은 파락호들이 두렵지 않았다. 그들의 폭력도 무섭지 않았다.

무서운 것은 그런 압력에 무릎을 꿇고 타협하는 것이지, 단순히 몸에 가해지는 아픔 따위가 아니었다.

그렇게 그는 파락호들과의 조우를 각오했다.

만나면 어떻게 대처한다라는 생각도 없었다. 신념에 굴복하지만 않으면 되는 것이었다.

하지만 모든 것은 기우였다.

파락호들은 나타나지 않았다.

두 번 다시 눈앞에 보이면 배를 갈라 버린다고 엄포를 놓던 대머리사내도, 그리고 그를 따르던 두 사람도. 오히려 자신들이 화사평의 눈에 뜨이면 큰일이라도 나는 것처럼 나타나지 않았다.

하나, 이 역시 그에게는 상관없는 일이었다.

그는 장사를 할 수 있다면 그것으로 족했다.

하지만 그날 점심이 될 무렵, 화사평은 파락호들이 나타나지 않은 이유를 듣게 되었다.

옆자리에서 장사를 하던 가판상이 훌륭한 동생을 뒀다며 칭찬을 했고, 대머리사내를 죽여 복수를 해줬다고 했다.

사실과는 조금 달랐지만 화사평은 그제야 알게 되었다.

서월문의 문도인 동생 덕에 파락호들이 찾아오지 않는다는 사실을.

동생에게 도움을 받았다는 사실에 씁쓸할 만도 하건만 그는 오히려 고맙고도 대견했다.

또한 동생이 자신을 걱정하고 있다는 사실을 다시 한 번 확인하게 되었다.

화사평은 그날 집으로 돌아가 동생을 만나려 했다.

고맙다는 말을 하기 위해서였다.

그러나 서월문의 일이 급해서인지, 그날 이후로 거의 한 달이 다 되도록 화사평은 화남평을 만날 수 없었다.

*   *   *

점심 식사를 마친 후 심각한 표정으로 차를 들고 있던 화철삼은 손님이 찾아왔다는 말에 급히 대청으로 향했다.

마침내 기다리고 있던 친구가 온 것이리라.

역시나 예상대로였다.

"모충, 와주었군."

대청에 들어서자 화철삼의 얼굴에서 지금까지의 고뇌에 찬 기색은 씻은 듯이 사라지고, 그 자리를 보기 좋은 미소가 대신했다.

"하하하. 누구의 부탁인데 감히 미적거리고 있겠는가?"

대청에 자리하고 있던 네 남자가 일어섰다. 그리고 그들 중 사십 중반으로 보이는 화의 장삼의 사내가 반가운 얼굴로 대답했다.

"고맙네."

화철삼은 양손을 내밀어 사내의 손을 맞잡았다.

"당치 않아. 고맙다는 말은 오히려 내가 해야 할 말일세. 집 안에만 틀어박혀 있던 나를 불러내 주었으니 말일세."

화철삼은 그의 손을 잡은 채 가만히 고개를 끄덕였다.

친구의 말에도 고마운 마음을 지울 수 없었다.

사내는 그의 말처럼 쉽게 움직일 수 있는 인물이 결코 아니었다.

팔조비도(八鳥飛刀) 당모충.

그는 구대문파와 같은 반열에 놓여 있는 사천당문 내에서도 뛰어난 고수로 칭송받는 당문십수(唐門十手) 중 하나였다.

십오 년 전 강호를 떠돌던 화철삼은 그를 우연찮게 주점에서 만났고, 단 하룻밤의 대작만에 의기투합하여 서로를 친구로 삼았다.

그때는 물론 당모충이 당문십수에 속하기 전이었으나 무공의 고하를 떠나서 두 사람은 서로의 소탈한 인품에 반한 것이었다.

"하하, 그런가? 한데……."

화철삼은 당모충 옆에 조용히 서 있는 세 청년을 바라보았다.

"이런, 내 정신 좀 보게. 소개가 늦었구만. 이 아이들은 모두 내 조카들일세. 이번 기회에 비교적 강호행을 하지 않은 아이들을 추려 경험도 쌓게 해줄 겸 해서 데리고 나왔다네. 그런데 막상 오고 보니 자네에게 폐를 끼치게 되진 않을까 걱정이 되는군."

"그런 소리 말게. 어찌 사천당문의 가솔이 폐가 되겠는가?"

당모충이 조카라 했으니, 세 청년은 모두 당가의 직계임이 분명했다.

혹시나 만에 하나 이들이 직계가 아니라 해도 당문에 몸담고 있는 사람은 모두 그 위세에 걸맞은 실력을 갖추고 있었다.

그러니 당모충의 말은 과례나 다름없었다.

"아닐세. 아직은 수양이 부족한 아이들이네. 게다가 이 자리에는 없지만 두 아이가 더 있는데, 그 녀석들은 나조차도 못 말릴 정도야."

당모충이 고개를 설레설레 저으며 말하자 화철삼이 의아한 표정으로 물었다.

"모두 함께 오지 않았나?"

"그렇게 됐네. 두 녀석 모두 여아인데, 여기까지 거의 다 와서는 갑자기 바깥 구경이 하고 싶다며 도망치듯 사라져 버렸어."

이에 화철삼은 희미한 미소를 지었다.

"여자를 상대하는 것은 어른이 되었든 아이가 되었든 무척이나 어렵지."

"하하하! 자네 말이 맞네."

당모충이 대소를 터뜨리며 화철삼의 어깨를 두드렸다. 그리고 세 청년을 차례차례 소개하기 시작했다.

눈이 부리부리하게 큰 반면 몸은 비교적 마른 이는 당학이었고, 화철삼보다도 체격이 좋은 청년은 당운정이었으며, 키가 제일 작은 청년은 당무엽이라 했다.

"학이와 운정이는 모두 셋째 형님의 아이이고, 무엽이는 큰 형님의 막내아들일세."

그 말에 화철삼이 눈을 크게 떴다.

"자네의 큰형님이라면……."

"가주(家主)시지."

"아!"

화철삼은 가볍게 탄성을 했다.

당문은 강호의 문파이기도 하지만, 하나의 가문이기도 했다. 때문에 문주라 하지 않고 가주란 칭호를 썼다.

마찬가지 이유로 강호에서도 당문과 당가 두 호칭을 모두 사용하고 있었다.

화철삼은 크게 고개를 끄덕이며 새삼스런 눈빛으로 당무엽을 바라봤다.

과연 당가주의 피를 이어서인지, 어린 나이지만 당무엽에게서는 예사롭지 않은 기운이 흐르고 있었다.

당무엽을 본 것은 처음이었지만 이름은 예전부터 알고 있었다.

십오 세가 되던 해 당문의 육대절기 중 두 가지를 가주 앞에서 완벽히 펼쳐 보였다는 소문은 강호에선 유명한 이야기였다.

만약 위로 세 명의 형이 없었더라면 차후 가주가 될 재목이었다.

화철삼은 당무엽에게서 시선을 거두고는 세 사람을 두루 바라보며 미소를 지었다.

"자네들을 이렇게 만나게 되어 반갑네."

"저희 역시 화 대협을 만나뵙게 되어 영광입니다."

가장 연장자인 당학이 포권을 취하며 급히 대답했다.

"화 대협?"

화철삼이 가늘게 실눈을 뜨며 당모충을 쳐다봤다.

"왜 그런 눈으로 쳐다보는가?"

당모충의 입가에 묘한 미소가 떠올랐다.

"자네, 이들에게 뭔 소리를 한 겐가?"

대협은 쉽게 사용하는 말이 아니었다.

이유가 없다면 당학은 당연히 화 문주라 칭했어야 옳았다.

"별말 안 했네. 철삼 자네가 황산삼흉을 일검으로 쳐죽인 것과 사파의 고수인 참산대부(慘山大斧) 막도영을 해치운 것 정도만 말해줬지."

"황산삼흉은 보잘것없는 잡도둑에 불과하고, 막도영은 나 역시 죽을 고비 끝에야 운 좋게……."

"됐네. 뭐 어찌 됐든 자네가 죽인 것만은 틀림없지 않은가?"

"허어, 이 친구가."

화철삼은 실소가 나왔다.

그제야 당학이 왜 자신을 대협이라 불렀는지 알 수 있었던 것이다.

그러나 사파에서도 손꼽히는 고수 막도영을 해치울 수 있었던 것은 그가 이미 치명상을 당한 상태였기 때문이었다.

그나마도 목숨을 잃을 뻔한 위기를 넘기고 나서야 겨우 목을 베어냈다.

만약 부상을 당하지 않은 막도영이었다면 십 초도 버텨내기 힘들었을 것이다.

"한데, 대체 어찌 된 일인가?"

어느 정도 인사가 오가자 당모충은 곧바로 궁금했던 것을 물었다.

그는 화철삼으로부터 와주기를 바란다는 뜻만을 지편으로 접했지 그 정확한 이유를 알지 못했다.

이에 화철삼이 착잡한 기색으로 말문을 열었다.

"혹시 홍염방(紅炎幇)이라고 들어보았는가?"

당모충은 고개를 저었다.

"미안하네. 요즘 집구석에만 있어서 그런지 처음 듣는 방파로군."

"그럴 만도 하네. 홍염방은 생긴 지 채 일 년도 되지 않았으니까."

화철삼은 비교적 담담한 음성으로 홍염방에 대해서 설명

했다.

홍염방은 정확히 구 개월 전에 대읍의 외각 지역에서 개파했다. 강호에선 하루에도 수많은 문파가 생겨나고 사라지니 이는 큰 사건이라 할 수 없었다.

화철삼도 보고를 통해 또 하나의 문파가 생겨났구나 생각할 정도였다.

그러나 홍염방은 단 다섯 달 만에 주위의 소문파 다섯 곳을 쓰러뜨렸고, 이 개월이 지난 뒤에는 서월문과 함께 대읍을 둘로 나누고 있는 막천문마저 무너뜨렸다.

화철삼은 당황스러웠다.

뒤늦게 조사를 해보고자 했지만, 얻은 소득은 아무것도 없었다.

홍염방을 이끌고 있는 자의 정체조차 파악할 수 없었다.

만약 서월문에게 당문과 같은 힘이 있었다면 가능했겠지만, 서월문은 뒷조사를 전문으로 할 수 있는 인력을 키우지 않았다.

결국, 수소문이나 홍염방의 방도와 접촉을 통해 알아낼 수밖에 없었는데 그게 쉽게 될 리 없었다.

화철삼은 긴장했다. 그리고 약 한 달 반 전, 홍염방으로부터 한 장의 봉서가 도착했다.

거기에는 홍염방의 요구가 적혀 있었다. 서월문이 운영하는 두 개의 기루와 세 개의 객잔, 그리고 화금장과 함께 관리하고 있는 막대한 상권을 양도하라는 것이었다. 그러면서 두 달의 말미를 주었다.

화철삼은 크게 노했으나 먼저 손을 쓰기에는 적에 대해 아는 게 너무 없었다.

또한 상대는 적어도 막천문을 쓰러뜨릴 만큼 막강한 힘을 가지고 있었다.

그러니 섣불리 공격하지 못하고 당모충에게 도움을 청했던 것이었다.

화철삼의 이야기를 모두 듣고 난 당모충은 느릿하게 입을 열었다.

"생각했던 것보다 상황이 심각한 듯하네. 듣자 하니 그들은 처음부터 대읍을 집어삼키려 작정하고 만들어진 방파로군."

"내 생각도 그렇네."

화철삼은 당모충과 생각이 같았다. 그렇지 않고서야 만들어진 지 일 년도 안 돼서 이렇듯 노골적으로 치고 나올 리 없었다.

"일단 그들이 준 여유가 보름가량 남았으니 그 기간 동안 합당한 대비를 해야겠네. 먼저 이 녀석들을 시켜서 홍염방에 대해 정보를 어느 정도 모으고. 아! 자네 형님은 아직 화금장에 계시는가? 내 생각엔 아무래도 이곳으로 모셔오는 게 나을 듯싶네만."

당모충이 조심스럽게 의견을 제시했다.

방비할 곳이 서월문과 화금장 두 군데라면 전력이 분산된다. 서월문으로선 그만큼의 여유가 없었다.

그러자 화철삼이 씁쓸한 웃음을 지었다.

"이미 말씀드려 보았다네. 하지만……."

"승낙하지 않으셨군."

"바로 보았네. 도저히 설득할 수 없을 정도로 말이지."

당모충도 화덕유를 일전에 만나보아 완고한 그의 성격을 익히 알고 있었다. 그는 한번 결정한 일을 결코 번복하지 않으리라.

"그런가. 허, 이거 참."

당모충이 안타까운 듯이 중얼거렸다. 홍염방이 화금장까지 손을 뻗치리란 가정은 기우일 수도 있지만, 그로서는 모든 것을 대비하고 싶었다. 그리고 진심으로 친구를 도와주고 싶었다.

그는 잠시 생각하다가 말문을 열었다.

"그럼 이렇게 하는 게 어떻겠나? 자네의 문도 중 몇을 추리고, 내가 데려온 아이들 중 둘을 보내 화금장을 방비토록 하는게 말일세."

"그거 좋은 생각이구만. 하면 누굴 보내는 게 좋겠는가?"

순간 당모충의 입가에 한줄기 묘한 미소가 떠올랐다.

"마침 적당한 아이들이 있다네."

             *   *   *

사람들이 붐비는 대로를 걷고 있는 두 여인이 있었다. 한 명은 아직 여인이라 부르기엔 키가 작고 또한 어렸으나, 또 다른 한 명은 홍의 경장이 잘 어울리는 완숙한 미녀였다.

그들은 바로 당모충을 따라 대읍에 도착한 당이연과 당은설이었다.

'이게 뭐람.'

당이연은 미간을 찌푸렸다.

실상 그녀는 지금처럼 다리 아프게 돌아다니는 게 귀찮기만 했다.

성도를 자주 들른 적이 있는 그녀에겐 이곳이 딱히 새로울 것도 없었다.

오직 어딘가에 들어가 편히 쉬었으면 하는 바람이었다.

그러나 당은설은 달랐다.

당이연의 사촌동생인 그녀는 바깥출입이 많지 않았고, 그만큼이나 호기심이 컸다.

결국 호기심을 참지 못한 당은설은 당이연을 졸라댔고, 견디다 못한 나머지 동행하게 된 것이었다.

"이런 곳에 뭐 볼 게 있다고 그러는지……."

당이연이 혼잣말하듯 중얼거렸다.

하지만 그 목소리는 당은설이 듣기에 충분히 컸고, 주위를 두리번거리며 상가의 물건들을 감상하던 당은설은 눈을 동그랗게 뜨고는 당이연을 쳐다봤다.

"언니는 재미있지 않아?"

"전혀. 성도에 비하면 여기는 신기할 게 없으니까."

"나도 꼭 그곳에 가볼 거야. 왜 아빠는 나를 그렇게 집에 묶어두려고만 하는지 모르겠어."

"그야 가주님이 너를 제일 사랑하시니까 그런 것이겠지."

"흥! 과연 그런지 모르겠네."

사랑한다면 견문을 넓혀줘야지 집 안에 가두다시피 키운다는 게 말이나 되는가?

이번 강호행도 숙부인 당모충이 간곡히 청했기에 겨우 빠져나올 수 있었다.

당은설은 가볍게 콧소리를 내고는 고개를 돌렸다. 그러다 뭔가를 발견하고는 가볍게 '아!' 하는 소리를 냈다.

"왜 그래?"

"저기 봐봐, 언니."

당은설이 손가락질하는 곳을 바라본 당이연은 다시 그녀를 쳐다봤다.

그곳엔 몇몇 간판상과 상점이 늘어서 있을 뿐 별다른 게 없었던 것이다.

"뭐가?"

"예쁜 거 많이 판다!"

"어, 은설아?"

당은설은 빙그레 웃더니 당이연이 말릴 새도 없이 후다닥 뛰어갔다.

화사평은 기분이 좋았다.

오후로 접어든 지 얼마 되지 않았지만 벌써 꽤 많은 양이 팔렸다.

장사가 잘되는 것은 상인에겐 그 무엇보다도 큰 선물이다. 그러니 그의 얼굴에 가벼운 미소가 피어올라 있는 건 당연한 일이었다.

'좋아.'

그는 팔린 물건이 놓여 있던 가판 위를 정리하고는 봇짐을 풀었다.

그리고 새로운 장신구를 꺼내 하나하나 정성스럽게 가판 위에 진열하기 시작했다.

화사평은 준비가 철저했다.

가판이 군데군데 비어 있는 모습은 가히 보기 좋지 않다는 사실을 그는 잘 알고 있었고, 때문에 미리 여분의 물건을 챙겨 왔다.

그가 새롭게 꺼낸 물건을 모두 진열했을 때 두 여인이 다가왔다.

그들은 당은설과 당이연이었는데, 당은설은 별빛처럼 두 눈을 반짝이고 있는데 반해 당이연은 잔뜩 인상을 찌푸리고 있었다.

가판을 쳐다보던 당은설이 비록 옥은 아니지만 그와 유사한 빛깔을 내고 있는 반지를 손가락으로 가리켰다.

"이거 얼마예요?"

화사평은 그녀의 눈빛이 무척 천진난만하다고 느꼈다. 그래서인지 그의 입가에 머물고 있던 미소가 더욱 진해졌다.

"동전 오십 문입니다."

"오십 문?"

갑자기 그녀는 깜짝 놀라 되물었다.

"그렇습니다."

화사평이 지체없이 대답하자 그녀의 시선이 당이연을 향했다.

당이연은 지금 당은설이 무슨 생각을 하고 있는지 알 것만 같았다.

당은설의 귀에 걸려 있는 귀걸이는 은자 열다섯 냥짜리다. 그리고 팔에서 대롱거리고 있는 팔찌는 무려 금 두 냥이다.

어디 그뿐인가?

그녀가 지니고 있는 장신구 중 가장 싼 것은 반지였지만, 그것 역시 은자 다섯 냥은 훨씬 넘었다.

금 한 냥이 은자 스무 냥이고, 은자 한 냥이 동전 이천 문이다.

그러니 자신이 가리킨 예쁜 반지가 너무 싸다 생각하고 있으리라.

당이연은 인상을 풀지 않은 채 대답했다.

"이곳엔 신기할 게 없다고 내가 말했잖아. 이런 데서 파는 건 모두 싸구려 하품이야."

순간 화사평의 입가에 머물던 미소가 조용히 사라졌다. 자신이 파는 물건을 폄하하는 말을 듣고서도 웃고 있을 장사치는 많지 않았다.

그렇지만 화사평은 묵묵히 참았다. 장사를 하려면 참을성이 많아야만 했고, 화사평도 그 정도 참을성은 있었다.

"싸구려?"

당은설이 다시 묻자 당이연이 혀를 찼다.

"그래. 천한 것들이나 쓰는 그런 물건 말이야."

그러나 뒤이어지는 당이연의 말은 그런 화사평의 인내심을 여지없이 무너뜨렸다.

그녀의 말은 물건뿐만이 아니라 그 물건을 산 사람들마저 모욕하는 언사였다. 화사평에겐 소중한 손님, 그런 그들 모두를 천한 것이라 치부하고 있으니 가슴에서 뭔가가 울컥하고 치솟았다.

"말씀이 조금 심하십니다."

"뭐?"

당이연은 혹시 잘못 들었나 싶어 화사평을 쳐다봤다. 그녀의 눈초리는 사뭇 날카로웠으나 그럼에도 화사평은 꿋꿋이 말을 이었다.

"물건의 가격으로 그것을 산 사람의 고하를 구분하는 것은 옳지 못한 생각입니다."

"당신, 지금 나를 가르치려는 거야?"

"가르치려는 게 아니고 제 생각을 말씀드린 것뿐입니다."

"하!"

당이연은 너무 기가 찬 나머지 실소가 나왔다.

옆에 있던 당은설이 화들짝 놀라 그런 그녀를 쳐다봤다.

아니, 그녀를 아는 누구라도 이 광경을 봤다면 대경실색했을 것이다.

그녀가 누군가? 바로 강호에서 독심옥녀(毒心玉女)라 불리는 당이연 아니던가?

굳이 그게 아니라 할지라도 그녀가 당문의 인물이라는 사실 하나만으로 지금처럼 당당하게 말할 수 있는 사람은 그리 많지 않았다.

당문은 사천제일문이다.

독과 암기에 관해서는 전 중원에서도 손꼽힌다.

당문에 잘못 보인다면 마음 편히 살지 못한다. 잠을 잘 때도, 측간에 갈 때도, 눈치를 보고 마음을 졸여야만 한다. 언제 어디서 독수가 뻗어올지 모르기 때문이다.

잔인한 수법도 서슴지 않는다.

그렇다고 해서 마도라 칭할 수도 없다. 마도라면 무림인들이 힘을 모아 멸문이라도 시키련만, 당문은 어디까지나 정파로 분류되었다.

그렇기에 구파일방도 당문만큼은 한 수 접어주는 형편이었다.

"너는 내가 누군 줄 모르나 보군."

"오늘 처음 봤는데 어찌 알겠습니까."

화사평은 지지 않고 대꾸했다. 하지만 바로 그 순간,

'흐음……'

그는 갑자기 침음성을 삼켰다.

당이연의 눈 속에 깃든 무언가를 읽었기 때문이다.

그것은 무척이나 낯익은 것이었다.

살기(殺氣).

지난날 겪었던 흑의중년인에 비할 바는 아니었으나, 대머리 사내의 것과는 차원이 다른 강렬한 살기였다.

한낱 여인이 어찌 이리 무서운 살기를 흘려내는가?

어느새 등 뒤로는 차디찬 땀방울이 흘러내리고 있었다.

화사평은 여자 앞에서 긴장하는 자신의 모습이 한심했다. 하지만 그것은 무공을 익히지 못한 일반인의 자연스러운 반응이었다.

"언니……."

서슬 퍼런 분위기를 감지한 당은설이 조심스럽게 당이연을 불렀다.

그러자 당이연이 굳어 있던 얼굴을 천천히 풀었다.

"내가 누구인 줄 알았다면 네놈이 감히 그딴 소리를 하진 못했을 것이다."

그러면서 당이연은 당은설이 고른 반지를 엄지와 검지로 집어 들었다. 그리고 묘한 미소와 함께 화사평을 향해 내밀었다.

화사평은 그녀의 의도를 몰라 잠시 망설이다 손을 내밀었다.

스스슷.

반짝이는 가루가 그의 손바닥 위로 흩날리며 떨어져 내렸다. 당이연이 내공을 사용하여 반지를 한 줌의 먼지로 만들어 버린 것이었다.

"잔돈은 됐다."

당이연은 은자 한 냥을 가판대 위에 던져 놓고는 뒤도 돌아보지 않고 인파 속으로 사라졌다.

화사평의 눈동자가 가볍게 흔들렸다.

직접 보았으면서도 믿기지 않았다.

'이게 무공이란 건가?'

사람 같지 않은 능력이었다.

손아귀 힘이 아무리 강한 장정이라도 이렇듯 반지를 부서뜨리지는 못한다.

그런 걸 인상 한 번 찌푸리지 않고 이뤄내는 여인이 마치 괴물처럼만 보였다.

"쯧쯧. 이보게, 어쩌자고 그랬는가?"

가슴을 졸이며 상황을 지켜보던 옆자리의 가판상이 그제야 혀를 차며 다가왔다.

화사평은 씁쓸한 미소와 함께 고개를 흔들었다.

"저도 모르겠습니다."

"조심하게. 검을 지니고 있는 걸 보니 무인이 분명한데 함부로 입을 놀렸다가는."

가판상은 자신의 손으로 목을 긋는 시늉을 하며 말을 이었다.

"이렇게 되니까."

"설마, 죽이기야 하겠습니까."

"허! 이 친구 큰일 낼 사람이네. 내 말 진짜야. 지난번에도…
어?"

갑자기 화사평이 비틀거렸다.

"자네, 왜 그러는가? 괜찮아?"

하지만 화사평은 대답할 수 없었다.

이상하게도 머리는 어지럽고, 자꾸만 눈이 감겨왔다.

'왜 이러지……?'

정신을 차리려 했다.

그러나 어느 한순간 전신에서 기운이 썰물처럼 빠져나갔고
다리가 맥없이 풀렸다.

쿵!

"어? 이보게! 이봐!"

가판상의 고함 소리가 마치 깊은 동굴 속에서의 외침처럼
아련했다.

第四章
홍염방의 습격

"이거야, 원······."

가판상 소삼은 어찌해야 될지 몰랐다.

옆자리에서 장사를 하고 있던 청년이 쓰러졌음에도 그의 집이 어디인지, 또 그의 가족이 누구인지 전혀 알지 못했기에 마땅한 연락을 취할 수 없었다.

거칠게 흔들어도 보고 뺨을 때려보기도 했지만, 화사평은 아무런 반응을 보이지 않았다. 그럼에도 다행인 것은 그가 정상적으로 숨을 쉬고 있다는 점이었다.

하루 벌어 하루 먹고사는 그의 처지로서는 화사평을 안고 의원을 찾을 여유가 없었고, 근처 객방을 빌려 뉘일 수도 없었다.

잠시 고민한 그는 거적을 빌려와 가판대 뒤쪽 구석에 깔고 그 위에 화사평을 눕혔다.

화사평이 누워 있는 모습은 마치 동네 한량이 담 모퉁이에서 낮잠을 자고 있는 듯 보였지만, 소삼으로서는 그것이 최선의 조치였다.

"휴우!"

그는 길게 한숨을 내쉬었다.

마른하늘에 날벼락도 아니고 멀쩡하던 사람이 갑자기 왜 쓰러진단 말인가?

어찌 됐든 자신이 할 수 있는 일은 모두 했으니, 이젠 그가 깨어나길 기다리는 수밖에 없었다.

소삼이 연민 어린 눈초리로 화사평의 얼굴을 내려다볼 때였다.

"저렇게 놔둘 건가요?"

"헛!"

갑자기 지척에서 들려온 목소리에 소삼은 깜짝 놀라 고개를 돌렸다.

옆에서 낡은 마의를 입은 여자아이가 초롱초롱한 눈빛으로 화사평을 바라보고 있었다.

여자아이는 나이가 열예닐곱은 되어 보였는데, 이목구비를 알아보기 어려울 정도로 지저분했다.

다만 더러운 옷과 대조적으로 커다란 두 눈은 맑고도 반짝이고 있어 은근히 귀여운 느낌을 주는 아이였다.

'이 애는…….'

소삼은 소녀가 낯설지 않았다.

닷새 전부터였을까, 그녀가 맞은편 담벼락에 기댄 채 하루 종일 이쪽을 바라보고 있었던 것이.

하지만 그녀는 바라보기만 할 뿐, 다가오지 않았고 말도 건 네지 않았다. 마치 벙어리처럼.

그랬던 그녀가 느닷없이 물어오자 소삼은 당황하면서도 멋 쩍었다.

"별수없잖느냐. 돈이 없으면 아무것도 할 수 없으니."

"그렇군요."

타박하듯이 물었던 것과 달리 그녀는 시원스럽게 대답했다.

그리곤 화사평의 옆에 쭈그려 앉더니 덥석 그의 팔목을 잡 았다.

"꼬마야, 너 맥을 짚을 줄 아느냐?"

"임서영이에요."

"……?"

"꼬마가 아니라 서영이란 이름이 있다고요."

"아."

소삼은 여자아이를 상대하는 게 참으로 어렵다는 사실을 새 삼 깨달았다. 묻는 말에는 전혀 대답하지 않으니 말이다. 그래 도 다시 묻지 않을 수 없었다.

서슴없이 행동하는 그녀에게선 뭔가 표현할 수 없는 묘한 힘이 있었다.

"그런데 맥은……?"

하지만 이번에도 소삼은 듣고 싶었던 대답을 듣지 못했다.

"못된 언니네."

임서영이 툭하니 내뱉고는 일어섰다.

"아까 그 아가씨들을 알아?"

"당연히 모르죠. 그런 못된 언니 따위는 알고 싶지도 않고요. 이제 제가 옆에서 지킬 테니 아저씨는 걱정 마시고 장사하세요."

소삼은 순간 네가 장사하라면 내가 그래야만 하느냐고 쏘아붙이려 했으나 왠지 말이 나오지 않았다.

그녀의 목소리에는 항거하기 힘든 기이한 매력이 숨어 있었던 것이다.

결국 그는 머리를 몇 번 긁적이고는 그녀의 말대로 다시 장사를 시작했다.

화사평이 눈을 뜬 것은 정신을 잃은 지 두 시진이 지나서였다. 그때는 이미 해가 뉘엿뉘엿 지고 있었다.

'무슨 일이 벌어졌던 걸까?'

그는 누운 자세 그대로 하늘을 올려다봤다. 뭐가 어찌 된 것인지 파악되지 않았다.

그때 그의 시선을 막으며 불쑥 소녀의 얼굴이 나타났다.

"보기보다 허약하네요."

"……!"

화사평은 소스라치게 놀라 벌떡 일어나려다가 그녀와 하마터면 얼굴을 부딪칠 뻔했다.

"너?"

"저 알아요?"

화사평은 고개를 끄덕였다.

닷새 동안이나 맞은편에 쪼그리고 앉아 있던 임서영을 기억해 내지 못할 리 없었다.

"어때요? 몸은 괜찮아요?"

화사평은 또다시 고개를 끄덕였다.

일어나자마자 그가 살핀 것이 몸이었다. 다행히도 쓰러진 것에 대한 후유증은 없었다.

"네가 나를 보살폈느냐?"

그녀는 머리를 살래살래 저으며 손가락으로 소삼을 가리켰다.

"저 아저씨가 애쓰셨죠."

화사평은 급히 일어나 소삼에게 허리를 숙였다.

"폐를 끼쳤습니다."

"허, 폐는 무슨. 그나저나 괜찮아 보이니 다행이야. 얼마나 놀랐는지 원. 그리고 자네가 깨어날 때까지 보살핀 사람은 내가 아니고 저 아이야."

어느새 다가온 소삼이 그를 안타까운 눈초리로 바라보며 대답했다.

화사평은 그에게 다시 허리를 숙이고는 임소영에게 시선을 돌렸다.

"왜 나를 도와줬지?"

그녀의 입가에 가벼운 미소가 떠올랐다. 그것은 마치 따스한 봄날에 피는 꽃과 같았으며, 그녀의 큰 눈과 무척이나 잘 어울렸다.

"한심해서요."

화사평의 미간이 미미하게 찌푸려졌다. 그리고 그녀의 행색을 조용히 바라보다 물었다.

"집은 있느냐?"

"당연하죠."

"집을 나왔느냐?"

"어떻게 아세요?"

그녀는 정말로 깜짝 놀랐다.

그렇게 집 나온 티가 나나 싶었다.

화사평은 그럴 줄 알았다는 듯이 대답했다.

"돌아가라, 부모님 걱정 끼쳐 드리지 말고."

"흥! 과연 걱정이나 하실지 모르겠네요. 워낙 바쁘신 몸들이라."

그녀는 고개를 홱 돌리며 콧방귀를 뀌었다.

"하신다, 분명히."

화사평은 단호하게 말했다.

그는 닷새 전 처음 나타났을 때부터 그녀가 가출했다는 사실을 꿰뚫어 보았다.

그녀의 몰골이 이전 자신의 모습과 다르지 않았기 때문이다.

그리고 자신 역시 당시에는 몰랐지만 지금은 확실히 안다. 부모님은 자신이 사라진 그 순간부터 걱정하고 계셨다는 것을.

"근데 언제부터 저를 안다고 훈계하시는 거죠?"

"닷새 전부터 봤다."

순간 임서영이 배시시 웃었다.

"그럼 역시나 그쪽도 저를 주시하고 있었군요."

화사평은 내심 어이가 없었으나 아무 말도 하지 않고 조용히 짐을 꾸렸다.

그녀가 빤히 보이는 곳에 자리를 틀고 앉아 있었던 것이지, 특별히 주시한 건 아니었다.

"제 말이 맞죠? 그렇죠?"

"집으로 돌아가."

꾸린 짐을 등에 짊어진 화사평은 발걸음을 옮겼다. 그는 무척이나 피곤했다.

상대가 자신보다 어린 여자들이었기 때문인지 예전 대머리 사내에게 당했을 때보다도 더 피곤했다.

"이봐요, 이렇게 그냥 가는 거예요?"

임서영이 빽하고 소리쳤으나 화사평은 뒤돌아보지 않았다.

"내일도 나올 거죠? 남자가 그깟 일로 삐쳐서 숨는 거 아니죠? 독에 당한 게 부끄러운 일은 아니……."

순간 화사평이 우뚝 멈춰 서서 고개를 돌렸다.

"독?"

"몰랐어요? 독이 아니고서야 어떻게 그리 말끔하게 혼절시킬 수 있겠어요."

화사평은 입을 굳게 다물었다. 그리고는 다시 뒤돌아 걸어갔다.

"그 여자들 위험하니까 다신 만나지 마요!"

뒤에서 들려오는 임서영의 목소리를 들으며 화사평은 생각했다, 그녀들과 다시 만날 일은 없을 거라고.

하지만 그의 예측은 하루가 지나기도 전에 깨졌다.

화사평이 집에 도착하고 얼마 지나지 않아 서모화가 찾아왔다.

그녀는 소개시켜 줄 사람이 있다며 그를 객청으로 이끌었는데, 그곳에는 세 남녀가 자리해 있었다.

그들은 다름 아닌 당은설과 당이연, 그리고 당이연의 친오빠인 당운정이었다.

"어?"

"……!"

화사평을 본 당은설은 눈을 동그랗게 뜨며 벌떡 일어섰다. 반면 화사평은 미미하게 눈살을 찌푸렸으나, 이내 평정을 되찾았다.

두 여자가 무인이라는 사실은 이미 알고 있었다. 그리고 그들 옆에 있는 덩치가 무척이나 큰 남자 역시 무인임을 단번에 알 수 있었다.

어머니의 태도로 보아 세 사람은 화금장의 손님임이 분명했다, 그것도 귀한. 그러니 낮에 있었던 불미스러운 일은 잠시 잊고, 지금은 화금장의 장남으로서 손님을 맞아야만 했다.

"화사평이라 하오."

당은설은 흠칫하더니 급히 허리를 숙였고, 당이연은 어딘가 모르게 미묘한 표정이었다.

당운정이 가장 먼저 입을 열었다.

"당운정이오. 한데 동생들을 아시는지……."

그가 세 사람에게서 흐르는 어색한 기운을 눈치채고 물었다.

화사평은 고개를 저었다.

"오늘 처음 만난 사이오."

그의 말은 틀리지 않았다. 분명 오늘 처음 만난 사이였다. 하지만 지금이 처음은 아니었다.

화사평은 서모화를 바라봤다. 왜 무인들이 화금장에 와 있는지 묻는 눈초리였다.

그는 서월문과 홍염방에 대한 일은 전혀 모르고 있었다.

서모화는 말해주었다. 그러나 그녀가 알고 있는 바는 많지 않았다.

서월문과 홍염방이 대립을 하고 있고, 화금장의 호위로서 화철삼과 면식이 있는 몇 사람이 도우러 왔다는 게 전부였다.

상황의 심각성이나 홍염방이 어떤 방파인지, 그리고 지금 온 세 사람이 어떤 인물들이냐 하는 것은 전혀 모르고 있었다.

화사평은 어머니의 설명에 몇 가지 의문이 들었지만 굳이 묻지 않았다.

알고 있는 일이라면 말하지 않았을 리 없다. 물으려면 아버지께 묻는 게 나았다.

그는 당운정과 의례적인 몇 마디를 나눈 후 곧바로 일어섰다.

"본 장을 도우러 와주셔서 고맙소. 그럼 전 이만."

그때 당은설이 조그만 목소리로 말했다.

"낮에는 미안했어요."

설마 하니 가판장사를 하던 자가 화금장의 대공자일 줄이야 그 누가 알았겠는가.

게다가 그는 숙부와 가장 친한 친우의 조카였으니 만약 이런 사실을 숙부가 알게 된다면 호된 질책을 면치 못할 것이었다.

"잊으시오."

화사평은 담담히 말하고는 객청을 나갔다.

"무슨 일이라도 있었느냐?"

"아, 아니에요."

당운정의 말에 당은설이 급히 고개를 저었다.

그리고는 어둠 속에 사라지는 화사평의 등을 물끄러미 쳐다봤다.

그녀는 왜 그가 잊으라고 했는지 알 것 같았다.

그는 분명 화가 났을 것이다. 그런 꼴을 당하고도 멀쩡한 사람이 있다면 바보나 다름없다.

그럼에도 언급하지 않은 이유는 자신들이 화금장을 도우러 왔다는 사실 이외에도 행여 모친께 심려를 끼칠까 염려해서이리라.

'화사평…….'

그녀는 속으로 그의 이름을 되뇌었다.

화사평은 객청을 벗어나자마자 아버지를 찾았다.

자초지종을 물어보기 위해서였다. 그러나 만나지 못했다. 사실 화사평은 집에 돌아온 그날 이후로 한 달이 넘도록 부친을 만나지 못했고, 그건 이번에도 변함없었다. 그만큼 부친의 노여움은 컸다.

방에 돌아온 그는 일찍 자리에 누웠다. 무척이나 피곤해서였는데 그럼에도 쉽게 잠이 오지 않았다.

결국 그가 잠자리에 들 수 있었던 것은 그로부터 반 시진이 지난 후였다.

*   *   *

늦은 밤, 당이연과 당은설은 침상에 나란히 누워 잠을 청하고 있었다.

그러나 그녀들 역시 쉽게 잠들지 못했다.

서월문에서 화금장에 보낸 인원은 열둘이었다. 거기에 당문까지 포함하면 모두 열다섯.

화금장을 호위하는 체제는 단순했다. 밤에는 당운정과 서월문도 열두 명이, 그리고 낮 동안은 당은설과 당이연, 그리고 새로 교대된 서월문도들이 지키는 것이었다.

당은설이 넌지시 입을 열었다.

"언니가 보기엔 어때?"

"뭐가?"

"장주의 아들 말이야, 화사평이라는…….."

당은설은 말끝을 흐렸고, 당이연은 생각할 필요도 없다는 듯이 즉시 대답했다.

"동생과 비교하자면 하늘과 땅 차이더군."

두 사람 모두 서월문에서 화남평을 만나보았다.

그들이 보기에 화남평은 아직은 부족하지만 충분히 무골이라 할 수 있었다.

몇 년만 체계적인 수련을 거친다면 충분히 고수의 반열에 오를 듯해 보였다. 반면 형이라는 화사평은 전혀 무공을 할 줄 몰랐다.

내공이 조금이라도 있는 사람이었다면 그토록 약한 미혼산에 쓰러지는 일은 발생하지 않았을 것이다.

"그래도 형이 더 착해 보이던데."

"흥. 착하기만 한 바보겠지, 쓸데없는 참견이나 하는."

당이연은 코웃음을 쳤다.

정말 이해되지 않는 사람이었다.

화금장의 대공자가 왜 가판상을 하는 걸까? 물론 당문과 비교하진 못하겠지만 화금장은 충분한 부를 이뤘다. 돈은 쓰고 남을 만큼 있다는 뜻이다.

그 정도의 부를 이룬 장원의 장남이라 하면 장주의 뒤를 잇는 중차대한 일을 하는 게 보통이다.

그런데 가판상이라니?

경험을 쌓기 위한 것일까? 아니면 할 줄 아는 게 그것밖에 없어서일까?

그런 하찮은 일을 하는데도 이상하게 자신에 찬 행동을 한다.

개의치 않고 말하며, 남들이라면 벌벌 떨 무인을 앞에 두고도 훈계를 한다.

그런 자신감은 어디서 나오는 것인가?

"쓸데없는 생각 말고 잠이나 자."

당이연은 마치 자신을 질책하듯이 말하고는 눈을 감았다.

바로 그 순간이었다,

삐이익!

갑자기 야공을 울리는 기이한 소리가 귀청을 때렸다.

당이연은 눈을 번쩍 떴다.

방금 전 그것은 당문이 사용하는 호각 소리였다.

"은설아!"

그녀는 벼락처럼 자리에서 일어나 검을 잡았다.

당은설은 오히려 당이연보다 빨랐다. 그녀는 이미 객청 밖으로 몸을 날리고 있었다.

*   *   *

"큭!"

화사평은 뭔가가 가슴을 쑤시는 듯한 고통에 눈을 떴다.

신음 소리는 밖으로 새어 나오지 않았다.

아혈(啞穴)이 제압된 사람은 신음 소리조차 내지 못하는 법이었다.

'누구?'

옆에 처음 보는 사내가 있었다.

그는 두 눈이 쥐처럼 찢어진 자였는데, 묘한 미소를 흘리며 자신을 내려다보고 있었다.

화사평은 일어나려 했으나 몸이 꿈쩍도 하지 않았다. 마혈마저 제압된 상태였다.

"네가 화사평이겠지, 화금장주의 장남?"

쥐눈의 사내는 그의 눈처럼 가느다란 목소리로 물었다.

화사평은 입만 벙긋거렸다.

"대답하려 애쓸 필요는 없다. 이미 알고 왔으니까."

그는 저항하지 못하는 화사평을 둘러업었다. 그리고 비호처럼 몸을 날렸다.

털썩.

화사평은 땅바닥에 내동댕이쳐졌다.

그렇지만 아픔을 느낄 새가 없었다.

이곳은 부친이 머무는 전각 앞이었고, 주위는 불이 환하게 밝혀져 있었다.

'아……!'

화사평은 머리가 아득해져 왔다.

전신의 힘이 모조리 빠져나가고 땀이 배어 나와 옷을 적시기 시작했다.

눈은 점점 충혈되고 심하게 흔들렸다.

눈앞의 광경이 믿기지 않았다.

전각 앞에는 십여 구의 시신이 검붉은 피를 흘린 채 널브러져 있었다.

옷으로 보아 그들은 모두 서월문도였다.

그리고 몇 사람들이 눈에 들어왔다. 그들은 한쪽 가슴에 붉은 불꽃이 그려진 옷을 입고 있었다.

'홍염! 어머니? 아버지는?'

갑자기 부모님에 대한 걱정이 와락 밀려왔다. 이들이 들이닥친 것은 자신을 노리기 위해서만이 아닌 가족 전체를 노리고 온 것이다.

갑자기 가슴에 돌을 올려놓은 듯 뭔가가 강하게 짓눌렀다.

아무 소리도 들리지 않고 숨조차 쉬기 힘들었다.

부모에 대한 걱정이 극에 달한 것이다.

'아, 안 돼. 화사평, 정신 차려야 한다.'

그는 눈을 감았다. 그리고 최대한 천천히 심호흡을 했다. 그러자 조금씩 주위의 소리가 들려왔다.

병장기 소리였다.

남녀의 고함 소리도 뒤섞여 들려왔다.

'아직은 무사하서.'

그는 그렇게 생각했다.

모든 일이 끝났다면 병장기 소리가 들릴 이유가 없다.

당문에서 온 세 사람, 그들이 홍염방과 싸우고 있는 게 분명했다.

조금 안심이 되었다.

그는 눈을 뜨고 주위를 훑었다.

고개는 돌리지 못하지만 눈동자는 마음껏 움직일 수 있었다.

당이연과 당운정이 눈에 들어왔다. 그들은 쾌속하게 장검을 휘두르며 홍염방도를 상대하고 있었다.

하지만 무공을 모르는 화사평이 보기에도 상황은 좋지 못했다.

두 사람은 일곱 명에게 포위당한 형국이었다.

그리고 당은설은 보이진 않았지만, 옆쪽에서 그녀의 앙칼진 고함 소리가 연이어 들리는 것으로 보아 악전고투하고 있음을 짐작할 수 있었다.

주위를 훑던 그의 눈동자가 한 곳에서 멈추었다.

'아버지! 어머니!'

대청 한쪽에 화덕유와 서모화가 있었다.

두 사람은 얼굴을 붉게 물들인 채 돌처럼 의자에 앉아 있었는데, 그 옆에는 양쪽으로 콧수염을 기른 녹의중년인이 여유롭게 뒷짐을 지고 장내를 내려다보고 있었다.

화사평은 억장이 무너지는 것 같았다.

중년인의 입가에 떠올라 있는 미소를 보았기 때문이다.

그 미소가 의미하는 바는 하나였다.

만족.

그는 지금의 상황을 즐기고 있는 것이다.

당문 사람들에게 걸었던 일말의 희망이 썰물처럼 사라져 갔다.

그때 화사평의 눈이 화덕유와 마주쳤다.

화덕유는 화사평을 뚫어져라 쳐다보고 있었다. 그의 눈빛은 슬프고도 고독했다.

'아버지……'

너무나 오랫동안 보지 못했던 부친의 모습이었다.

그런데 오랜만에 보는 부친의 모습이 저렇게 초췌한 것이라니.

화사평은 처음으로 자신의 무력함에 화가 치밀었다.

아무것도 하지 못한 채 남의 도움만을 바라야 하는 신세가 처량하고도 분노가 치밀었다.

'큭!'

그것 때문일까? 또다시 머리가 깨질 듯이 아파왔다.

'이럴 때에……!'

자신의 몸조차 건사하지 못하는 주제에 무슨 일을 할 수 있단 말인가.

"당문의 절기는 잘 봤네."

녹의중년인이 손뼉을 치며 입을 열었다.

"볼 만큼 봤으니 이제 끝내."

쉐쉑!

그의 명이 떨어지자 일곱 명 홍염방도의 도세가 일변했다.

이전과는 비교할 수 없을 만큼 예리해졌다.

한층 날카로워진 홍염방도를 상대하는 당운정은 기가 찼다.

'말도 안 돼.'

비록 칠 대 이의 승부라지만 자신들이 누구던가? 사천제일문이자 사천제일세가의 일원 아니던가.

지방의 패주를 넘보는 자들이라 하나 예상대로라면 충분히 감당할 수 있어야만 했다.

한데 아니었다.

이들은 한 명 한 명이 고수였다.

일곱 명이 뿌려대는 도기는 도저히 지방의 이름없는 문파가 보여줄 수 있는 실력이 절대 아니었다.

'뭔가 있어!'

까강!

"네놈들의 정체가 뭐냐!"

당운정은 연이어 밀려드는 도광을 가까스로 받아치며 소리쳤다.

대답은 녹의중년인에게서 나왔다.

"알면서도 묻는구나."

"홍염방 따위가!"

"하하하! 본 방에 대해 잘 아는 모양이구나. 그런데도 이 꼴이라니. 당문도 이제 다 되었군."

차차창!

'칫!'

그는 더 이상 녹의중년인과 말을 섞을 수 없었다. 홍염방도의 도는 말을 하면서 막아낼 만한 수준이 아니었다. 그 짧은 말을 하는 사이에도 상대의 도는 어깨 어림을 스쳐 가며 피를 튀게 했다.

한편 당이연은 당운정보다 더 처량한 모습이었다. 그녀는 흘러내린 땀에 젖어 탐스럽던 긴 머리카락이 얼굴에 달라붙은 모습으로 정신없이 검을 휘두르고 있었다.

'도대체 어찌 된 게.'

그녀는 이해할 수 없었다.

분명 하독했다.

그것도 자신이 가장 자신있어하는 상연독을 마음껏 뿌려댔다.

상연독은 당문 칠대절독에 속하진 못하지만 피부를 짓무르게 하고 혈행을 역행시키는 효력이 있다.

그런데 아무런 효과를 발휘하지 못하고 있었다.

'저자가…….'

그녀의 날카로운 눈빛이 대청의 녹의중년인을 향했다.

분명 그가 해독시켰다.

증거는 없지만 느낌이 그랬다.

상연독에는 치명적인 약점이 있다.

독력이 미치는 범위가 너무 크다는 것이다.

목표로 한 사람뿐만 아니라 주위에 있는 다른 사람들도 휘말린다.

그래서 최후의 최후에서야 사용한다.

너무 밀리게 되자 당이연은 독한 마음을 품고 상연독을 뿌렸다.

화금장주의 안위가 위험하긴 하겠지만, 이들을 물리치고 재빨리 해독한다면 목숨은 건질 수 있을 거라 생각했기 때문이다.

그런데 예측은 여지없이 빗나갔다.

홍염방도뿐만 아니라 화금장주도 아무런 독의 영향을 받지 않았던 것이다.

이는 이미 완벽하게 해독이 이뤄졌다는 뜻이었다.

"악!"

"은설아!"

당이연의 고개가 획 돌아갔다.

그녀의 눈에 두 명의 적을 상대하던 당은설이 비틀거리는 모습이 들어왔다. 그녀의 허리는 길게 베어져 피를 뿜어내고 있었다.

"이 자식들이!"

당이연의 장검이 더욱 거칠게 허공을 그어댔다. 그러나 소망과 현실은 엄연히 다른 것이었다.

"윽."

"흐음……."

당이연이 다리에 일도를 맞고 주저앉자 당운정도 촌각 만에 가슴팍을 베이며 무릎을 꿇었다.

'이, 이럴 수가…….'

당운정은 통한을 금치 못했다.

그는 사실 화금장에 호위가 필요하다는 당모충의 말에 동의하지 않았다.

무림방파의 싸움인데 왜 무공도 익히지 못한 사람들을 공격하겠는가. 당연히 서월문에 힘을 집중해야 한다는 게 그의 생각이었다.

한데 그게 아니었다.

당모충은 홍염방에 대한 설명을 듣자마자 곧바로 화금장을 보호해야 한다고 결론을 내렸고, 그건 서월문주도 마찬가지였다.

경험에서 오는 생각의 차이다.

무림방파의 싸움이라 해서 꼭 무인 대 무인이 겨룰 필요는 없는 것이었다. 쉽게 갈 수 있는 길이 있다면 그 길을 가는 방파도 부지기수라는 사실을 당운정은 몰랐다.

'나 대신 무엽이가 왔다면……'

당무엽은 비록 나이는 어리지만 자신에 비해 적어도 한 수위의 고수였다. 만약 그가 왔다면 상황은 완전히 달라졌을 것이었다.

이렇게 된 결정적인 이유는 단 한 가지로 귀결된다.

홍염방에 대한 부족한 정보.

그는 패배를 인정할 수밖에 없었다.

정보에서도 실력에서도 홍염방에 밀렸다.

무인으로서 적을 우습게 본 대가, 그것은 죽음이었다.

그때 나지막한 목소리가 대청으로부터 흘러나왔다.

"원하는 게 뭔가?"

화덕유였다.

"설마 우리 전부의 목숨을 바라는 건 아닐 테고. 원하는 걸 해줄 테니 저들은 살려주게."

"장주께선 아직 자신의 처지를 이해하지 못하고 있는 듯하오."

녹의중년인은 비릿하게 웃었다.

"죽이고 살리는 건 순전히 우리의 뜻이지 당신이 결정할 사항이 아니란 말이오. 아시겠소?"

화덕유의 눈빛이 가볍게 흔들렸다.

이들은 분명 원하는 것이 있어서 화금장을 덮쳤다. 그게 무엇인진 정확히 모르나 자신들을 인질로 해서 원하는 것을 얻을 속

셈이다. 굳이 듣지 않아도 거기까지는 충분히 짐작할 수 있다.

그런데 청을 들어준다는데 거절하다니?

이는 화덕유로서 납득할 수 없는 행동이었다.

"내가 원하는 건 말이오, 이미 예상했겠지만 당신들을 인질로 두는 것이오. 그러나 그전에……."

녹의중년인의 입가에 머물던 비릿한 미소가 얼굴 전체로 퍼져 나갔다.

"당신들 중 하나는 죽어줬으면 하오."

"……!"

"그래야 서월문주가 더 말을 잘 들을 것 아니겠소? 하하하하!"

그는 머리를 크게 뒤로 젖히며 대소를 터뜨렸다.

바로 그 순간 당운정은 보았다.

녹의중년인의 목 아랫부분에 열십 자 모양의 커다란 흉터가 새겨진 것을.

"철독녹사(鐵毒綠士)!"

그는 자신도 모르게 부르짖었다.

"용케 나를 알아보는구나."

녹의중년인은 흐뭇한 미소를 지으며 당운정을 향해 손을 흔들었다. 마치 자신을 알아본 게 대견하다는 듯이.

하지만 당운정은 그의 말에 화답할 여유 따윈 없었다.

'어떻게 저자가 홍염방에…….'

철독녹사 담사남은 이름없는 문파에 속할 만한 위인이 절대 아니었다.

그가 강호에 이름을 알리기 시작한 건 무려 이십 년 전이다.

낙봉산의 산적 이십 명을 모조리 독살한 것으로도 모자라 가족까지 일일이 찾아내어 한 명도 남김없이 죽였다.

그때부터 그에겐 철독이라는 별호가 붙었다.

이후 그가 녹색을 좋아하고 평상시에는 근엄하게 행동했기에 녹사라는 말이 더해져 지금의 별호가 되었으나, 자신의 마음에 들지 않으면 여지없이 독수를 펼치는 잔인한 성격이었다.

그는 홀로 강호를 떠돌다 오 년여 전에 홀연히 모습을 감췄는데, 그런 그가 홍염방에 몸담고 있었다는 사실은 쉽게 믿기지 않는 일이었다.

당운정은 그제야 담사남의 말이 이해가 됐다.

녹포중년인이 담사남이라면 이곳에 있는 모든 사람을 죽인다 해도 하등 이상할 게 없었다.

아니, 어쩌면 그게 당연했다. 그는 적을 살려둔 적이 없었고, 오히려 한 명만 죽이겠다고 한 게 다행일 정도였다.

"장주, 한 번 맞추어보시오. 내가 누굴 죽일 것 같소?"

화덕유는 대답하지 않았다.

그러나 찰나의 순간 당운정을 바라봤다. 차마 말로 하지 못할 속마음이 부지불식간에 드러난 것이다.

그로서는 당연한 선택이었다.

사람 목숨에 경중이 있겠냐마는 가족을 제외하면 세 사람이 남는데 그중 두 사람은 여인이었으니 적당한 사람은 그밖에 없었다.

비록 짧은 시간의 눈길이긴 했으나, 이곳에 있는 모두가 화덕유의 시선을 봤고 당운정 역시 보았다.

"내가 적당할 것 같소."

입술을 질끈 깨물며 당운정이 일어섰다.

베인 앞가슴에서 피가 철철 새어 나왔으나 그는 개의치 않았다.

한 명을 선택하라면 당연히 자신이라 생각하고 있었다.

화금장의 호위를 받아들였음에도 임무를 완수하지 못했으니 책임져야 하는 게 이치였다.

"너희들은 안 돼."

한데 뜻밖에도 담사남이 고개를 설레설레 저었다.

"당문은 우리로서도 부담되거든. 그러니 너희가 죽어선 안 돼."

"......!"

당운정은 온몸을 부르르 떨었다.

치욕이 전신을 덮쳐 왔다.

그제야 서월문도들은 가차없이 죽였으면서도 자신들은 살려두었는지 깨달았다.

하지만 담사남의 판단은 적절한 것이었다.

부상만 당한 채 마무리된다면 싸움을 한 개인이 모든 걸 감당해야 한다.

그런 일로 당문은 움직이지 않는다. 개인의 실력 차라 인정하기 때문이다.

그러나 죽임을 당한다면 상황은 완전히 달라진다. 그때는 당문 전체가 일어설 것이다.

게다가 당은설은 현 가주의 여식인데다 전대 가주가 가장 애지중지하는 손녀임을 감안한다면 홍염방은 흔적도 없이 사라지리라.

그러나 당운정으로선 담사남의 말이 죽음보다 더한 치욕이었다.

"나를 죽이라니까!"

그가 목이 터져라 소리쳤다.

담사남은 그에게 시선조차 주지 않고 화덕유에게 말했다.

"아직도 모르시겠소, 내가 누굴 죽일 것인지?"

화덕유는 그를 씹어먹을 듯한 눈빛으로 노려보다가 천천히 눈을 감았다.

"나를……."

"저런! 당신이 죽어서야 되겠소? 가산을 우리에게 양도하려면 꼭 살아 있어야 하는데? 하하하. 멍청하시오, 참으로 멍청해."

그는 한참을 웃어젖히더니 갑자기 뚝 멈추고는 화덕유 코앞으로 얼굴을 바짝 붙였다.

"내 생각엔 말이오."

담사남의 비릿하던 미소가 음침하게 변해갔다.

"이 집의 장남이 가장 적당할 것 같소."

第五章

호면귀(虎面鬼)

십변
회신

"개소리 마랏!"

화덕유의 목소리가 쩌렁거리며 대청을 울렸다.

그는 담사남의 멱살이라도 쥐어 잡고 흔들 기세였다. 하지만 혈이 제압되어 꼼짝할 수 없는 그는 부르르 몸을 떨기만 했다.

"허허, 말이 거칠구려."

"내가 원하는 대로 해주겠다는데 뭐가 부족해서 그러는 것이냐!"

"늙어서 노망이 나셨나. 방금 전에 말했잖소, 당신이 선택할 수 있는 건 없다고."

"이, 이놈이!"

화덕유는 주체할 수 없는 노기에 얼굴이 시뻘겋게 달아올랐다.

하지만 담사남의 말대로 그가 할 수 있는 것은 아무것도 없었다.

모든 걸 지켜보고 있는 화사평은 모든 혈관이 터져 나가는 기분이었다.

눈물이 흐르고 목이 메어왔다.

아버지는 자신을 지키기 위해서 대신 죽겠다고 말했다. 그것이 부모의 마음이다.

한 달이 넘도록 대면조차 허락지 않았던 아버지다. 그랬기에 설마 자신을 완전히 잊어버렸나 의심이 들 때도 분명 있었다. 그런데……

그게 아니었다.

그는 손을 내밀고 싶었을 것이다. 하지만 어색했을 것이다. 그래서였으리라.

"끄으…….'"

화사평의 입에서 비틀린 소리가 새어 나왔다.

그는 있는 힘을 다해 입을 벌렸다.

아혈이 막혀 말이 제대로 나오지 않았지만, 그는 포기하지 않았다.

목에서 붉은 핏줄이 툭툭 튀어나왔다.

"저, 저는 괜, 찮…….'"

"오호! 말을 할 수 있는 건가?"

담사남이 의외라는 표정으로 화사평을 쳐다봤다.

분명 아혈이 제압당했다.

그런데도 말할 수 있다는 것은 강인한 무인이라 해도 쉽지 않은 일, 엄청난 고통을 참아내고 있다는 뜻이었다.

"카악!"

그 순간 화사평이 검붉은 피를 한 사발이나 토해냈다.

결국 막힌 아혈을 뚫어낸 것이다.

담사남은 어이가 없었다.

혈을 뚫어낸다는 게 불가능한 건 아니다. 자신도 시간만 있다면 충분히 할 수 있다.

문제는 그 일을 무공을 전혀 모르는 화사평이 의지만으로 해냈다는 사실이었다.

그런데 그가 놀라기에는 아직 이른 감이 있었다.

"어······?"

화사평이 흐느적거리며 일어서고 있었다.

그리고 비틀거리며 대청 쪽으로 걸어오고 있지 않은가?

그는 화사평을 둘러업고 온 홍염방도를 노려봤다. 제대로 마혈을 제압했냐고 질책하는 것이다.

홍염방도는 당황한 표정으로 고개를 저었다. 절대 그런 실수를 할 리 없었다.

"사평아······."

화덕유의 목소리가 힘없이 흘러나왔다.

아버지의 목소리를 들으며 화사평은 웃었다. 가식없는 미소, 설명할 수 없을 정도로 아름다운 미소였다.

자신에 대한 부친의 사랑을 확인했기에 지을 수 있는 미소였다.

하지만 속은 전혀 그렇지 못했다.

무공도 익히지 못한 범인의 몸으로 마혈을 뚫어낸 건 기적에 가깝다. 그러니 정상일 리 없었다.

내장은 뒤틀리고 혈행은 제각각 전신을 휘저었으며, 머리는 만 근에 억눌려 깨질 것만 같았다.

'말도 안 돼.'

이는 화사평을 보고 있는 모든 사람의 공통된 생각이었다.

당이연은 더했다.

화사평의 미소를 보는 순간, 그녀는 마치 세상에서 가장 아름다운 미소를 본 듯한 착각이 들었다.

자신의 혼이 그 미소 속으로 빨려들어 가는 듯, 기이한 느낌에 휩싸였다.

"아버지… 저는 괜찮습니다. 그리고, 죄송해요……."

대청 앞에 선 화사평이 힘없이 말했다.

"사평아."

화덕유의 눈에서 굵은 눈물이 어른거리다 떨어졌다.

"이보게, 이 아이를 살려주게. 내 이렇게, 이렇게 부탁하겠네."

그가 담사남을 돌아보며 간절한 목소리로 애원했다.

하지만 담사남은 히죽거렸다.

"싫은걸?"

그는 이런 상황이 재미있었다.

그래서 일부러 한 명만 죽인다고 한 것이다.

사실 그는 이들 가족 모두를 죽여도 하등 상관이 없었다. 화금장주가 없다 해서 그의 가산을 빼앗지 못하는 게 아니다. 단지 서로 살려달라고 매달리는 것, 혹은 서로 죽여달라며 매달리는 것을 보는 게 흡족할 따름이다.

하지만 다른 때와 달리 오늘은 비교적 그 즐거움이 덜했다.

바로 화사평 때문이었다.

"원래라면 더 데리고 놀았겠지만……."

그는 게슴츠레한 눈으로 화사평을 쳐다보았다.

"왠지 모르게 네놈, 마음에 들지 않아."

그리고는 벼락처럼 좌장을 내뻗었다.

펑!

"악!"

"사평아!"

화덕유와 서모화의 외침 속에서 화사평이 분수처럼 피를 뿌리며 허공을 날아갔다.

픽!

그리고 머리부터 땅에 떨어지더니 두어 바퀴를 구르고 멈추었다.

즉사(卽死).

당운정은 두 눈을 질끈 감았다.

도저히 화사평의 시신을 보고 있을 면목이 없었다.

자신만 강했더라면, 아니, 세 사람 중 한 명이라도 화금장을 빠져나가 서월문에 알렸더라면 화사평의 희생을 막을 수 있을지도 몰랐다. 모든 게 이들을 쉽게 보고 상대하려 했던 자신의 책임이었다.

"이, 이……!"

서모화는 혼절했고, 화덕유의 눈에서는 불똥이 튀었다.

아들에게 잘 돌아왔다는 말도 하지 못했다.

정없고 싸늘한 아비의 모습만 보였다.

이런 게 아니었는데, 본심은 그게 아니었는데.

"이노옴!"

"크하하하!"

화덕유의 호통 소리와 담사남의 대소가 뒤섞여 대청을 가득 메웠다.

그들은 착각하고 있었다.

모두의 예상과 달리 화사평은 아직 살아 있었다.

가슴뼈가 부서지고 머리가 깨져 흘러내린 피가 바닥을 흥건히 적시고 있었지만 미약하게 숨을 쉬고 있었다.

또한 이 순간 화사평은 기이한 경험을 하고 있었다.

머릿속으로 수많은 광경이 한꺼번에 쏟아져 들어왔다.

어린 자신이 보인다.

산길로 이어지는 좁은 길가의 바위에 걸터앉아 가면을 바꿔 쓰고 있다.

그리고 옆에는 노인이 있었다.

"꼬마야, 여기서 뭐 하느냐?"

"그냥 있습니다."

"오호, 신기한 재주를 가지고 있구나. 그렇게 가면을 재빨리 바꿔 쓰면 아무도 너의 진면목을 볼 수 없겠는데?"

"아무짝에도 쓸모없는 재주지요."

"그것참, 어린 녀석이 늙은이처럼 말하는구나."

"할아버지처럼 애늙은이라 저를 부르는 사람이 이전에도 있었죠."

"보아하니 갈 데도 없어 보이는데 이 할아버지를 따라가겠느냐?"

"가면 좋은가요?"

"내 장담하마. 네가 경험하지 못한 새로운 세계를 보여주지. 단, 나를 따라가면 십 년 후를 기약해야 한다."

자신은 크게 고민하지 않는다.

십 년이든 이십 년이든 지금보다 못하랴.

"좋아요."

산을 타고 땀에 흠뻑 젖어 있다. 숨이 턱까지 차고, 머리카락은 봉두난발에 손은 모조리 부르터 있다.

삽시간에 일 년이 흐르고 이 년이 지났다.

뱀처럼 기이한 병기를 휘두른다. 피가 튀고 목이 잘려 나간다. 암기에 머리가 터지고 허리가 두 동강 난다.

시간은 흘러가고 기억은 밀물처럼 밀려들었다.

삼 년, 오 년, 그리고 십 년…….

자신이 돌 침상에 누워 있다.

그 주위를 여인 한 명과 여섯 명의 사내가 둘러싸고 있다.

"이사제(二師弟), 난 준비됐다."

"사형!"

흑의중년인이 격한 음성으로 자신을 부른다.

"사부와의 십년지약(十年之約)은 끝났어. 나는 이제 돌아가고 싶다, 부모님이 계시는 집으로."

"망혼대법을 완벽히 펼칠 수 있는 사람은 대사형밖에 없습니다. 제가 한다면 반년, 아니, 석 달도 되지 않아 풀릴 겁니다."

"상관없다. 비록 그것이 잠시일지라도 강호를 몰랐던 때로 돌아가고 싶다. 그렇게 부모님을 뵙고 싶어. 지금은… 강호에 발을 들이기 전, 그때의 내가 기억나지 않아. 그리고 이제부터 곡주는 이사제 자네야."

자신의 시선이 여인에게 향한다.

그녀는 자신을 내려보며 눈시울을 붉히고 있다.

"미안하다, 사매."

흑의중년인이 머리에 손을 댄다. 그리고 말한다.

"대사형, 기다리겠습니다."

자신은 대답이 없다.

그리고…….

화사평은 눈을 번쩍 떴다.

순간 눈에서 뿜어져 나온 칠색 신광이 아지랑이처럼 허공을 어지럽혔다.

하나, 그 신광은 순식간에 사라져 버리고, 그 자리를 뿌연 눈물이 메웠다.

'사부님, 사제들…….'

망혼대법은 깨졌다.

머리에 가해진 충격으로 석 달이 아니라 한 달 만에 파훼됐다.

모든 게 기억났다.

자신이 어리석었다. 부정할 수 없다. 아무것도 확인하지 않고 집으로 돌아온 게 잘못이다.

만약 숙부가 무림 문파를 세웠다는 사실을 알았다면, 집이 화금장으로 변한 사실을 알았다면, 그랬다면 애초에 망혼대법을 사용하지 않았으리라.

"크하하하하!"

순간 귓속으로 담사남의 광소 소리가 파고들었다.

'철독녹사 담사남!'

기억이 돌아오면서 자연스럽게 그의 정체가 파악됐다.

'너 따위가…….'

우드드득.

잊혀졌던 태혼신공(太魂神功)을 끌어올리자마자 부러진 가슴뼈가 이어지기 시작했다. 흐르던 피가 멎고 찢어졌던 피부가 아물어갔다.

피로 물든 회색 장삼이 터져 나가고 갈라지더니 점점 검게 변했다.

팍!

그리고 얼굴이 하나의 가면으로 가려졌다.

바탕은 검고 눈 주위의 길게 찢어진 부위는 하얗다. 그리고 눈에서 뺨을 거쳐 귀까지 알록달록한 여섯 줄기가 이어져 있는 가면. 호면귀다.

마지막으로 화사평의 신형이 연기처럼 사라졌다.

마치 처음부터 그 자리엔 아무도 없었다는 듯이.

담사남의 광소는 길게 이어졌다.

화덕유가 분노에 타오를수록 그는 더욱 흡족하고, 쾌감을 느꼈다.

항거할 수 없는 힘에 짓눌려 고통을 토해내는 소리가 그에겐 무엇보다도 달콤했다.

그는 오늘도 소기의 목적을 달성했다.

여흥은 충분히 즐겼고, 이제 화덕유와 혼절해 있는 서모화만 챙겨 가면 끝이었다.

"장주, 이제 시간이 다 됐소."

그는 화덕유의 어깨에 손을 올리려 했다.

한데 그의 손이 막 어깨에 닿으려는 순간,

"으음……."

화덕유가 갑자기 미약한 신음을 흘리더니 머리를 힘없이 떨궜다.

담사남의 손이 허공에서 우뚝 멈췄다.

그의 얼굴이 짧은 찰나 돌처럼 굳어지는 듯싶더니 번개처럼 화덕유의 완맥을 움켜잡았다.

갑자기 사람이 정신을 잃을 수는 있다.

그러나 지금 화덕유는 자신을 불 같은 눈으로 쏘아보고 있었는데, 그러다 갑자기 쓰러진다는 것은 절대 일어날 수 없는 일이었다.

담사남의 눈초리가 미미하게 부르르 떨렸다.

'혼혈이 찍혔다!'

아니나 다를까, 그의 예상은 정확했다.

화덕유가 혼절한 이유는 누군가에 의해 혼혈이 찍혔기 때문이었다.

완맥을 쥐고 있는 그의 손에서 식은땀이 배어 나오기 시작했다.

담사남은 화덕유가 혼혈이 찍히는 순간을 보지 못했다. 이미 혼절하고 나서 유추한 것뿐이다. 그것이 의미하는 바는 컸다.

만약 노린 대상이 화덕유가 아니라 자신이었다면 꼼짝없이 제압당했을 게 아닌가.

믿기지 않는 격공점혈(隔空點穴)이었다.

'대체 누가!'

상상치 못할 놀라운 고수가 등장했음을 직감한 그는 번개처럼 고개를 대청 밖으로 향했다. 혼혈을 찍을 수 있는 각도는 그곳뿐이었다.

휘이잉!

한줄기 싸늘한 바람이 허공을 훑고 지나갔다. 그리고 그는 보았다.

십 장 밖에 있는 전각 처마 위, 그곳에 웅크린 자세로 앉아 있는 흑포괴인을.

흑포괴인은 기묘한 형상의 가면을 쓴 채 대청 쪽을 바라보고 있었다.

담사남은 자신도 모르게 마른침을 꿀꺽 삼켰다.

고수가 출현했다는 사실을 예상하고는 있었지만, 설마 하니 십 장이나 떨어져 있을 줄은 몰랐다.

십 장의 거리에서 격공점혈을 펼치다니.

그런 일이 가능하기나 한 것일까? 담사남은 그런 가공할 무공을 펼치는 사람이 존재한다는 소문조차 들어본 적이 없었다.

당운정과 당이연은 담사남이 갑자기 자신들의 뒤쪽을 바라보며 얼굴을 굳히자 의아한 생각에 뒤를 돌아보았다. 그리고 약속이나 한 듯 눈을 크게 떴다.

"……!"

"누구죠……?"

당이연이 당운정에게 물었다. 혹시 그는 알까 해서였다.

하지만 당운정은 고개를 저었다.

"나도 모르겠다."

당운정은 흑포괴인을 보는 순간 가장 먼저 두렵다는 생각이 들었다. 그건 당이연도 마찬가지였다. 미동조차 하지 않고 처마 위에서 흑포를 휘날리고 있는 그의 모습은 괴기스럽기까지 했다.

거기다 귀신 같은 가면은 중인들의 공포심을 한층 자극했다.

하지만 당운정은 마음 한편으로 그가 적이 아닐 것이라는 예감이 들었다.

만약 적이라면 지금 보이고 있는 담사남의 행동을 설명할 수 없으니까.

"구도(九刀)!"

담사남의 고함에 아홉 명의 홍염방도가 몸을 날리더니 일정한 간격을 두고 대청 앞에 늘어섰다.

차창!

그리고 동시에 도를 뽑아 들며 흑포괴인을 향해 돌아섰다. 한 치의 어긋남도 없는 일사불란한 행동. 확실히 이들은 체계적인 훈련을 받은 무인이었다.

"정체를 밝혀라!"

담사남이 흑포괴인에게 소리쳤다.

모두는 흑포괴인의 입에서 나올 말을 기다렸다.

하나, 그는 기대에 부응하지 않았다. 대답도 없고, 행동도 없었다.

휘이이잉!

사위가 가슴을 조이게 하는 정적에 휩싸였고, 을씨년스러운 바람 소리만이 중인들의 귀를 파고들 뿐이었다.

담사남은 극도로 긴장했다.

그는 참기 힘들었다.

아무 반응도 하지 않는다는 사실이 그의 심장을 옥죄어왔다.

"누······."

그가 다시 소리치려는 찰나였다.

드디어 흑포괴인이 움직였다. 그건 매우 단순한 움직임이었다.

고개를 모로 꺾더니 웅크린 자세 그대로 우수를 불쑥 앞으로 내민 것이다.

그의 우수는 다섯 손가락이 갈고리처럼 구부러져 있었고 손바닥이 아래를 향한 상태였다.

"커헉!"

갑자기 가장 오른쪽에 위치해 있던 홍염방도가 탁한 신음을 내뱉었다.

챙강.

그의 손에 있던 도가 스르르 미끄러지더니 땅에 떨어졌다.

"왜 그러느냐!"

담사남이 소리쳤지만, 그는 연신 끅끅대기만 할 뿐 대답하지 못했다.

그의 얼굴은 타는 듯이 붉게 달아올랐고, 양팔을 미친 듯이 휘저어댔다.

그 순간 흑포괴인이 마치 무를 뽑아내듯이 손을 슬쩍 위로 들어 올렸다.

퍽!

"허억!"

"헛!"

버둥거리던 홍염방도의 머리가 잘 익은 수박처럼 터져 나갔다.

사방으로 튄 피는 다른 홍염방도의 옷을 시뻘겋게 적시고, 멀리 떨어져 있는 담사담의 얼굴까지 덮쳤다.

투투투툭.

"……."

담사남은 피하지 않았다. 아니, 피하지 못했다. 그는 수하의 피를 얼굴에 뒤집어쓴 채 머리 없는 시신을 부릅뜬 눈으로 쳐다보고만 있었다.

목 없는 시신은 몇 차례 더 꿈틀거리다 잠시 후 땅에 쓰러졌다.

중인들은 모골이 송연해졌다.

그 모습은 말로 형용할 수 없을 만큼 무섭고도 공포스러운 광경이었다.

스윽.

흑포괴인이 드디어 일어섰다.

그리고 한 발 내딛는가 싶더니 허공을 비스듬히 사선으로 내려왔다.

마치 줄을 처마 끝에서 대청 바닥까지 이어놓고 그 위로 미끄러지는 듯한 모습이다.

다리는 움직이지 않는다.

소리도 나지 않는다.

그러나 무엇보다 놀라운 사실은 내려오는 속도가 무척이나 느리다는 것이었다.

담사남은 흑포괴인이 처마에서 땅에 내려서는 데까지 억겁의 시간이 흐른 듯 착각이 일었다.

흑포괴인은 홍염방도 앞 반 장도 되지 않는 거리에 내려섰다.

하지만 홍염방도 중 그 누구도 그에게 도를 들이미는 자는 없었다.

그들은 얼이 빠진 듯 멍하니 흑포괴인을 바라보고만 있었다.

"뭣들 하고 있느냐!"

가장 먼저 정신을 차린 것은 역시나 담사남이었다.

"이야하!"

"차앗!"

쐐액. 파앗!

그의 호통이 떨어지자마자 눈부신 여덟 개의 도광이 허공에서 번쩍였다.

역시 홍염방도들은 훈련을 제대로 받은 자들이었다.

네 개의 도가 먼저 흑포괴인의 몸에 다다랐다.

그리고 그 뒤로는 또다시 네 개의 도가 퇴로를 차단한 채 짓쳐들었다.

흑포괴인은 느릿하게 걸으며 양팔을 조용히 휘저었다. 마치 귀여운 아기가 깰까 봐 조심스럽게 쓰다듬는 모양새였다.

따다당!

흑포괴인의 양손은 너무나 느려 하품이 쏟아질 지경이었지만 놀랍게도 빛살처럼 빠르게 날아들던 네 개의 도가 모조리 허공으로 튕겨 나갔다.

양손이 이뤄내는 무형의 벽을 뚫지 못한 것이다.

한데 그것으로 끝이 아니었다.

"크윽."

"컥!"

공격이 막힌 홍염방도들이 비명을 지르며 비틀거렸다.

그러더니 칠공으로 피를 쏟아내며 흐느적거리다 맥없이 쓰러지는 게 아닌가?

흑포괴인의 일수와 부딪치자마자 도를 타고 막강한 진력이 쏟아져 들어왔고 전신 내부를 휘저었던 것이다.

흑포괴인의 가공할 진력은 내장을 끊어내고, 뇌를 녹였으며, 전신의 뼈를 모조리 부러뜨렸다.

뒤따라 도를 휘두르던 홍염방도는 본능적으로 뭔가 잘못됐다는 사실을 인지하고 급히 물러섰다.

하나, 그들의 행동은 한참이나 느린 것이었다.

차라리 한 번이라도 자신들의 병기를 휘둘러 보는 게 오히려 나았을 것이다.

흑포괴인이 양손으로 허공을 찍었다. 그리고 단숨에 아래를 향해 내리그었다.

후우웅!

허공에 떠 있던 네 개의 도가 순간 움찔거리더니 갑자기 벼락 같은 속도로 떨어져 내렸다.

퍼퍼퍼퍽!

"케엑!"

"칵!"

네 사람의 정수리에 도가 깊숙이 틀어박혔다.

즉사.

놀랍게도 이 모든 게 흑포괴인이 느릿하게 한 걸음 내딛는 동안 벌어졌다.

"으......."

담사남은 혼이 빠져나가고 전신의 피가 모조리 말라붙는 것만 같았다.

흑포괴인은 사람이 아니었다.

자신의 상식으로 사람은 저토록 강할 수가 없었다.

괴물.

그렇게밖에는 설명할 길이 없었다.

도망가야 한다. 단 한 치의 승산도 없다. 다음 기회를 모색해야만 한다.

하지만 그는 마치 거미줄에 걸린 날벌레처럼 꼼짝도 할 수 없었다.

다리가 떨어지지 않고, 그토록 자신있어하는 독공을 펼칠 엄두도 나지 않았다.

그가 오만 가지 생각을 하고 있는 와중에도 흑포괴인은 느릿하게 걸어 어느새 대청 계단을 한 걸음씩 올라오고 있었다.

'뭔가를 해야 해, 뭔가를!'

그는 수많은 죽음의 위기를 겪어보았다. 하나, 그때마다 놀라운 기지와 무공으로 살아남았다. 절대 이런 식으로 죽을 수는 없었다.

그때 흑포괴인의 눈과 정면으로 마주쳤다.

무척이나 깊은 눈빛이다. 모든 것을 빨아들이는 심연처럼 깊다.

살기로 번들거리는 눈일 것이라 생각했건만 자신의 예측과는 완전히 달랐다.

그러나 그런 눈빛이 오히려 더 그를 공포에 질리게 했다.

"누, 누구요?"

자연스럽게 존댓말이 튀어나왔다.

이십 년이나 강호에서 악명을 떨친 담사남의 입에서 무의식 중에 존칭이 나오다니, 그를 알고 있는 사람이라면 결코 믿지 못할 일이었다.

흑포괴인은 여전히 묵묵했다.

그는 담사남을 마치 길가의 개 보듯이 지나치더니 화덕유에게 다가가 목 뒤에 손을 댔다. 그리고 뒤이어 땅에 쓰러진 서모화에게도 같은 행동을 했다.

'다행이다.'

흑포괴인은 조그맣게 속으로 중얼거렸다.

그는 화사평이었다.

그에게 무엇보다도 중요한 것은 담사남을 죽이거나 홍염방에 대한 복수가 아닌 바로 부모님의 안전이었다.

겉으로 두 사람에게 큰 탈이 있어 보이진 않았으나 직접 확인해야만 안심할 수 있었다.

이제 한 명 남았다.

어쩌면 그에게 담사남은 필요한 존재였다.

담사남을 통해 홍염방에 대한 정보를 캐낼 수 있기 때문이다.

그러나 화사평의 생각은 달랐다.

그를 이곳에서 살려 보내는 것은 상상조차 할 수 없었다. 담사남은 반드시 이곳에서 죽어야만 했다.

화사평은 화덕유의 소매를 쓰다듬더니 끝자락을 조금 찢어냈다.

그것은 손바닥 반 정도 되는 천 조각이었다.

화사평이 담사남을 향해 몸을 돌렸다.

"담사남."

"……!"

처음으로 화사평이 입을 열었다.

하지만 그것은 화사평의 목소리가 아니라 칼칼하면서도 쇳소리처럼 찢어지는 음성이었다.

"이대로 죽을 텐가?"

담사남이 전신을 한차례 부르르 떨었다.

그 말을 못 알아들을 담사남이 아니었다.

흑포괴인의 말은 최후의 발악이라도 해보라는 뜻이었다.

담사남은 크게 숨을 몇 번 몰아쉬었다. 그러자 점차 숨결이 안정되어 갔다.

이십 년의 강호 생활이라면 결코 적지 않다. 흔히 말하는 산전수전 다 겪은 몸이다.

그는 자신의 죽음을 예감했다.

그러니 흑포괴인의 말대로 마지막 한 수는 펼쳐 보고 끝을 낼 생각이었다.

독공은 통하지 않는다.

그가 자신을 지나쳐 갈 때 이미 한 번 시도했었고, 아무런 효과도 보지 못했다.

담사남은 한 번 실패한 것을 다시 시도할 정도로 어리석지 않았다.

이제 남은 건 단 한 번. 그러니 그 기회를 잘 살리는 게 보다 바람직했다.

그는 독공과 함께 한 가지 장공으로 명성을 날렸다.

타현장(打鉉掌).

마치 화살처럼 빠르다 해서 붙여진 이름이다.

그는 오른 다리를 반 발자국 뒤로 물렸다. 그와 동시에 우수를 허리춤에 슬그머니 갖다 댔다.

흑포괴인은 그때까지도 아무런 반응도 보이지 않았다.

무슨 생각에서인지 조그만 천 조각을 두 손가락으로 집은 채 양팔을 늘어뜨리고 있었다.

'방심하고 있구나. 이놈!'

예상대로였다.

흑포괴인은 자신의 공격을 안중에 두지 않고 있었다.

'후회할 것이다.'

"타앗!"

그는 우렁찬 기합 소리와 함께 십성의 공력을 우장에 담아 떨쳐 냈다.

한데 허공을 빠른 속도로 나아가는 그의 장심에는 반짝이는 뭔가가 박혀 있었다.

그가 허리춤에 손을 갖다 댄 이유는 장력을 펼치기 위함도 있었지만 이것을 꺼내기 위해서였다.

집만수옥(輯萬水玉).

장공은 원래 손바닥 전체에 진기를 머금는다. 지공은 손가락 하나에만 진기를 집중시킨다.

깃든 진력으로만 보자면 장공이 더욱 뛰어나다. 하지만 지공은 작은 점에 집중할 수 있기 때문에 전체적인 힘은 장력보다 못해도 작은 부분에서만큼은 더욱 파괴적이다.

두 종류의 무공은 이처럼 장단점이 있다.

한데 집만수옥은 그런 두 무공의 장점만을 뽑아낼 수 있는 기보였다.

장력을 모아 한 점에 집중시켜 파괴력을 극대화시키는 것이다.

만약 흑포괴인이 방심하여 홍염방도의 도를 쳐내듯이 대응한다면 팔이 부러질 것이라 담사남은 굳게 믿었다.

흑포괴인이 움직인 것은 담사남의 팔이 절반쯤 뻗어나갔을 때였다.

좌수는 안에서 바깥을 향해 가볍게 원을 그리고, 우수는 꽃망울을 터뜨리듯이 머리어름에서 활짝 펴졌다.

팟! 콰직.

"엇!"

순간 담사남이 경악성을 터뜨리며 휘청거렸다.

그의 오른손은 어느새 손목에서부터 잘라져 날아가 대청 벽에 틀어박혀 있었다.

'이, 이게……!'

그는 믿지 못하겠다는 눈빛으로 흑포괴인을 바라봤다.

흑포괴인은 처음처럼 양손을 늘어뜨리고 있었다.

한데 한 가지가 처음과 달랐다.

손가락 사이에 끼워져 있던 천 조각이 어느새 사라진 것이다.

"방금……."

담사남은 말을 하다 멈췄다.

뭔가 이상했다.

흑포괴인의 몸이 점차 기울어지고 있는 것이었다.

그러나 그건 착각이었다.

기울어지고 있는 건 흑포괴인이 아니라 자신의 머리였다.

그의 머리가 천천히 어깨 위로 미끄러지며 몸통에서 분리되고 있었다.

툭.

그리고 둔탁한 소리를 내며 땅에 떨어졌다.

그는 자신이 무슨 꼴을 당했는지 모르겠다는 듯 그때까지도 눈을 부릅뜨고 있었다.

담사남은 영원히 모를 것이다.

그의 손목이 날아가는 순간 진기를 머금은 천 조각이 목을 훑고 지나갔음을.

화사평은 그의 머리를 물끄러미 쳐다보다 신형을 돌려세웠다.

그리고 이번엔 아직까지도 땅에 쓰러져 정신을 못 차리고 있는 당은설을 향해 걸어갔다.

이를 본 당이연이 뭐라 입을 열려 했으나, 당운정이 손을 들어 만류했다.

당이연은 혹시 흑포괴인이 당은설에게 해코지를 할지도 모른다는 생각 때문이었으나, 당운정은 그가 비록 잔인한 손속을 지니고 있다 하나 화금장과 연이 있어서 도와준 것이라 짐작했다.

쫘악!

화사평은 당은설의 허리춤 옷을 거침없이 찢어냈다.

그에 따라 하얀 속살이 내비치고 상처가 드러났다.

당이연은 다시 한 번 움찔거렸으나 이번에도 당운정의 만류에 아무 소리 내지 못했다.

이윽고 화사평은 담담히 허리 주위 열세 개 혈도를 찍어 지혈하더니 찢어낸 옷으로 상처를 싸매준 후 일어섰다.

"견딜 수 있겠느냐?"

당운정은 흑포괴인의 말에 급히 머리를 숙였다.

"도와주셔서 감사합니다."

"친우를 도와준 것뿐이다."

"친우라 하시면……?"

"화사평."

"……!"

순간 당운정은 정신이 번쩍 들었다.

'그는 이미 죽지 않았는가?'

그는 번개처럼 고개를 돌려 화사평이 누워 있던 자리를 쳐다봤다.

하지만 그곳엔 핏자국만이 남아 있었다.

"사평은 자신의 거처에 있을 것이다."

흑포괴인이 말했다.

당운정은 흑포괴인이 화사평을 감쪽같이 옮겨놓았을 것이라고 생각했다. 흑포괴인이라면 충분히 가능한 일이었다.

"무사합니까?"

흑포괴인은 고개를 끄덕였다. 그리고는 신형을 돌려세웠다.

"자, 잠깐만."

그가 가려 하자 당운정이 급히 말을 꺼냈다.

"성명을 가르쳐 주실 수 없겠습니까? 생명을 구원받고도 은인의 이름조차 모른다면……."

"내 이름은 모르는 게 좋다."

그 말을 끝으로 흑포괴인의 신형이 둥실 한 자가량 떠올랐다. 그리고 천천히 위로 솟구치더니 점점 속도가 빨라졌고, 긴 포물선을 그리며 눈 깜짝할 사이에 전각 위로 사라져 버렸다.

그가 사라진 허공을 물끄러미 바라보던 당운정은 한참 만에야 긴 탄식을 토해냈다.

"휴우. 저런 자가 있었다니 실로 놀랍구나."

"짐작이라도 가는 사람이 없나요? 무척이나 특이한데."

당이연이 불쑥 물었다.

흑포괴인은 확실히 특이한 행색이었다.

괴상한 가면에 목소리, 그리고 가공할 무공.

그런 사람이라면 강호에 소문이 나지 않았을 리 없었다.

그러나 당운정은 고개를 저었다.

"없구나. 물론 가면을 쓰고 다니는 무인이야 몇 있지만, 그 누구도 저 정도의 무위를 지니진 못했다."

"그런데 화사평이라는 사람에게 저런 친구가 있다는 것이 조금 의문이네요."

"사람 일이란 알 수 없다. 우연찮은 기회에 사귀었을 수도 있으니까. 그나저나 이번에 본가에 돌아가면 가주께 여쭈어봐야겠구나. 그분이라면 혹시 아실지도 모르니."

자신의 거처로 돌아온 화사평은 흑포를 삼매진화(三昧眞火)로 태워 버리고 벌거벗은 채 자리에 누웠다.

그리고 싸구려 금창약을 전신에 뿌려댔다. 원래 금창약이란 것은 대체로 비싼 물건이었지만 그가 지금 사용한 것은 시장에서 산 하품 중에서도 하품이었다.

전신이 뿌연 가루로 뒤덮이자 그는 조용히 눈을 감았다.

"사평아!"

화사평이 거처에 돌아온 지 반 시진 후, 문이 벌컥 열리며 사람들이 뛰어들었다.

그들은 서모화와 화덕유, 그리고 당이연과 당운정이었다.

침상 앞에 선 서모화는 굵은 눈물을 뚝뚝 흘렸다.

아들은 하얀 가루를 잔뜩 뒤집어쓴 채 누워 있었고, 그 모습이 마치 염을 한 죽은 사람처럼 보였다.

화덕유도 당황스러운 눈빛으로 아들의 전신을 훑어보며 중얼거렸다.

"이게 대체……."

두 사람이 어찌할 줄을 몰라 하고 있자 당운정이 한 걸음 앞으로 나서며 물었다.

"제가 잠시 봐도 되겠습니까?"

"그, 그러게."

화덕유가 비켜서자 당운정은 유심히 화사평을 살핀 후 천천히 고개를 끄덕였다.

"장주께선 걱정하실 필요 없습니다. 대공자는 은공께 적절한 처치를 받으신 듯합니다. 이 백색 가루가 어떤 영약인진 알 수 없으나 놀랍게도 이전의 상처가 거의 아물었고 몸 상태도 정상과 다름없습니다."

"그게 정말인가?"

"그렇습니다."

당운정은 자신있게 고개를 끄덕였다.

사실 그는 직접 눈으로 보았으면서도 믿지 못할 지경이었다.

화사평은 즉사할 만큼 커다란 타격을 받았다. 그렇지만 방금 말한 대로 지금은 모든 게 정상이었다.

혹포괴인의 의술이 탁월하다는 것 외에는 설명할 방도가 없었다.

그는 하얀 가루를 당문으로 조금 가져가 분석을 해보았으면 하는 생각도 있었지만, 이내 머릿속에서 지워 버렸다.

만약 그 사실을 혹포괴인이 알게 된다면 좋아할 리 없기 때문이다.

지금으로선 괴인을 자극할 만한 일은 되도록 피하는 게 나았다.

어찌 됐든 화사평이 깨어난다면 혹포괴인에 대해 반드시 물어보리라 생각하며 뒤로 물러났다.

"애가 무사한 것을 확인했으니 이만 돌아갑시다."

화덕유가 아내의 어깨를 살며시 감쌌다.

서모화는 아들의 모습을 더 보고 싶었지만, 안정이 중요하다는 사실을 잘 알고 있었기에 조용히 남편의 말에 따랐다.

그들이 모두 나가고 홀로 남은 화사평은 여전히 눈을 감고 있었다. 그러나 정신만은 어느 때보다도 또렷했다.

많은 생각이 떠올랐다.

망혼대법에 의해 잊혔던 기억들.

한때 잊고 싶어했던 기억이다.

'결국 이렇게 되는구나.'

한 번 무공을 익힌 자는 절대 강호를 떠날 수 없다는 말이 있다.

자의든 타의든 결국 자신도 그렇게 되었다.

어찌 됐든 일은 벌어졌다. 후회해 보았자 소용없다. 그보다 지금은 앞으로의 계획이 더욱 절실할 때다.

자신의 가문을 암습한 자들.

그들에 대처해야만 했다.

第六章

임서영과의 인연

"담사남이 돌아오지 않아?"

"그렇습니다. 구도와 함께 소식이 끊겼습니다."

"그게 말이 돼? 서월문을 치러 간 것도 아니고 화금장에 간 건데?"

"……."

"알았다."

수하를 물린 후 키가 작달막한 사내가 의자에서 일어섰다.

그는 키만큼이나 자그마한 머리통을 손가락으로 두드리며 주위를 서성였다.

"그럼 뭐야, 이거. 계획에 차질이 생겼잖아. 화금장에서 대체 무슨 일을 당한 건데 일이 이 모양이야. 칠칠치 못한 놈 같으니라고."

그는 얼굴을 잔뜩 찌푸리며 중얼거리다가 털썩 의자에 앉더니 손가락을 꼽았다.

"첫째, 무슨 일인 벌어졌는지 확인한다. 둘째, 방주가 오길 기다린다. 셋째, 그때까지 조용히 있는다. 넷째, 방주에게 보고하고 죽도록 맞는다. 모든 게 그 푸르스름한 빌어먹을 새끼 때문에."

지가 좋다고 가더니 소식이 끊겨?

그는 생각하면 생각할수록 부아가 치밀었다.

하지만 화나는 것은 화나는 것으로 끝내야 했다.

방주가 자리에 없는 지금, 되도록 일을 크게 벌여서는 안 됐다. 화금장주를 인질로 잡았다면 계획했던 바대로 일을 진행시켰겠지만, 그게 실패로 돌아간 이상 지금은 상황을 지켜볼 때였다.

"아! 난 몰라. 전부 그 썩을 새끼가 벌인 거야."

그는 담사남이 의견을 내놨을 때 자신 역시 맞장구치며 찬성했다는 사실 따윈 이미 잊은 지 오래였다.

*　　　　*　　　　*

날이 밝자마자 당운정은 서월문에 소식을 알렸다.

서월문은 발칵 뒤집혔다. 결국 우려하던 사태가 발생했다.

화금장에 괴한이 난입한 것이다.

서월문주는 문도들을 이끌고 화금장으로 한달음에 달려왔고, 당모충과 당무엽까지 함께했다.

대청 앞에 당도한 그들은 망연자실했다.

여기저기 처참한 모습으로 쓰러져 있는 홍염방도와 서월문도, 그리고 검붉게 바닥을 물들인 핏자국.

그곳엔 어젯밤의 참상이 그대로 남아 있었다.

특히 홍염방도의 시신은 차마 눈을 뜨고 보지 못할 정도로 참혹했다.

도에 의해 머리가 반쯤 갈라진 자. 구멍이란 구멍에선 모조리 피를 내뿜고 죽은 자.

그리고 머리가 깨끗이 잘려 나간 자와 아예 머리가 터졌는지 몸통만 남은 시신.

오랫동안 강호를 주유해 경험이 풍부한 당모충마저 이들 시신 앞에서는 기가 질렸다.

마치 악귀가 한바탕 휩쓸고 지나간 것만 같았다.

'이 정도일 줄이야!'

당운정으로부터 이곳에 오긴 전 괴인이 나타나 홍염방도들을 물리쳤다는 말은 들었지만 손속이 이렇게 잔인할 줄은 생각조차 하지 못했다.

그의 정체는 알 수 없지만, 적이 아닌 것이 얼마나 다행인지 몰랐다.

화철삼은 눈물을 머금으며 서월문도들의 시신을 처리하라 이르고는 곧장 화덕유를 찾아갔다. 그에게 서월문으로 들어오라고 다시 권해볼 참이었다. 만약 거절한다면 힘으로라도 데려갈 생각이었다.

하나, 굳이 그럴 필요가 없었다.

만나자마자 화덕유가 먼저 서월문으로 식구들을 데려가겠다 말했던 것이다.

명분이나 고집보다도 식구들의 안위가 더 중했기 때문이다. 이사도 오늘 당장 시행하기로 했다.

이후 구체적인 사항이 모두 결정되자 화철삼이 걱정 어린 목소리로 물었다.

"사평이는 어떻습니까?"

"몸엔 큰 이상이 없다는데, 아직 깨어나진 않았다. 죽지 않은 것만 해도 얼마나 다행인지."

다른 날과 달리 그의 목소리에는 아들에 대한 부정(父情)이 가득 묻어 나왔다.

어젯밤의 일로 인해 억지로 쌓아두었던 아들과의 벽이 깨져 나갔다.

그렇게 한 번 무너지자 그동안 주지 못했던 정이 한꺼번에 밀려오는 것이었다.

"괴인의 도움이 있었다 들었습니다."

"나도 이야기는 들었다. 사평이의 친구라 그랬다던데."

화철삼이 고개를 갸웃거렸다. 그의 말이 뭔가 이상했다.

"직접 보지 않으셨습니까?"

"나는 그전에 정신을 잃었다. 때문에 보지 못했지. 다시 한 번 찾아주었으면 하는 바람이건만."

"형님께서 정신을 잃으셨다고요?"

화철삼은 믿지 못하는 표정이었다.

화덕유는 쉽게 기절을 하는 약한 사람이 아니었다.

"그래. 당씨 성을 쓰는 젊은 친구의 말로는 혼혈을 찍혔다고 그러던데."

화덕유의 설명에 화철삼은 잠시 생각에 잠겼다.

화덕유를 혼절시킨 건 절대 담사남이 아니다. 그는 그럴 이유가 전혀 없었다. 만약 그런 일이 벌어지면 오히려 깨워놓을 사람이다.

그렇다면 괴인이 손을 썼다는 말인데, 굳이 그럴 필요가 있었을까? 만약 자신이라면 일단 적들을 소탕하는 데 전력을 다했을 것이다.

그때 다시 화덕유가 말을 이었다.

"또 그 사람은 나와 아내의 맥까지 짚었다고 하더구나. 그놈들을 앞에 둔 채 말이지."

"아!"

그제야 화철삼은 왜 그가 그런 행동을 했는지 이해할 수 있었다.

화덕유에게 처참하게 죽는 사람의 모습을 보여주지 않으려 했던 것이다.

대청에 있는 시신의 모습은 자신조차 눈살을 찌푸리게 하지 않았던가.

그러나 이는 일반적인 무인이라면 절대 하지 않을 생각이었
다. 누가 있어 그렇게 꼼꼼하게 남을 생각하고 사람을 죽이겠
는가?

여기서 그는 괴인의 성격을 조금이나마 유추할 수 있었다.

괴인은 상상할 수 없을 만큼 강하다. 그러나 남을 배려하는
마음은 그보다 더 뛰어나다.

"사평이는 멋진 친구를 뒀군요."

"나도 그리 생각한다."

화덕유의 입가에 가벼운 미소가 떠올랐다.

그것은 화철삼으로서도 실로 오랜만에 보는 형님의 미소였
다.

＊　　　＊　　　＊

해가 중천에 이를 때쯤 화사평은 눈을 떴다.

많은 생각을 하고 많은 고민을 했다.

그리고 결정을 내렸다.

생각한 대로 될지는 그 자신도 확신할 수 없지만, 지금으로
선 그것이 최선이었다. 하지만 그전에 반드시 확인할 게 있었
다.

그가 의복을 모두 갈아입고 나자 밖에서 서모화의 목소리가
들려왔다.

"일어났느냐?"

화사평은 급히 문을 열었다.

서모화는 웃고 있었다. 아들이 자랑스럽고 대견했다. 목숨을 아까워하지 않고 아비를 살리려 했다.

어쩌면 자식 된 도리로서 당연한 것일지도 몰랐다. 하지만 십 년 만에 돌아온 아들이 그런 행동을 보여준 것이기에 그 기쁨은 더할 수밖에 없었다.

화사평은 서모화에게 들어오라고 했으나, 그녀는 고개를 저었다.

아들이 무사한 것을 확인했으니 지금은 그것으로 된 것이다. 자신 외에도 화사평이 일어나기를 애타게 기다린 사람들이 또 있었다.

"예서 잠시만 기다리거라."

서모화는 그 말을 남기고 돌아섰고, 잠시 후 세 사람이 그를 찾아왔다.

"아버지."

그들은 다름 아닌 화덕유와 화철삼, 그리고 당모충이었다.

화덕유는 만면 가득 미소를 지으며 고개를 끄덕였다.

그는 아들을 완전히 용서했다. 그리고 새삼 그에 대한 자신의 사랑도 확인했다.

"오냐. 몸은 괜찮은 게냐?"

"네. 죽었다 생각했는데 이상하게도……."

화덕유는 그럴 줄 알았다는 듯이 말문을 열었다.

"그건 말이다……."

그는 화사평이 정신을 잃은 후에 벌어진 일에 대해 자세히 설명했다.

화덕유 역시 전해 들었을 뿐이지만, 내용은 당운정이 직접 본 것과 다를 게 없었다.

"그래서 네게 묻고 싶은 게 있다."

화덕유의 설명이 끝나자 화철삼이 끼어들었다.

"그 괴인에 대해 아는 바가 있느냐? 너를 친우라 칭했다던 데."

화사평은 멋쩍은 미소를 지으며 고개를 저었다.

"그와 친우라 할 만한 관계까진 아닙니다. 일전에 그가 원하던 가면을 만들어주었고, 그 보답으로 돈 대신 술을 몇 잔 나눈 게 전부입니다."

"하면 이름도 모른단 말이냐?"

"예."

"허!"

화철삼은 안타까운 마음에 자신도 모르게 탄식했다.

강호에서의 인연은 어떤 의미로 무엇보다 소중했다. 특히 괴인과 같은 절대고수와의 인연이라면 억만금보다 더 가치있 었다.

바로 어제 일만 하더라도 만약 그런 인연이 없었더라면 화 금장이 참변을 당하지 않았겠는가?

그랬기에 화철삼은 내심 기대하고 있던 참이었다.

지금처럼 어려운 상황에서 그의 도움을 받을 수만 있다면 서월문으로선 그처럼 큰 복이 없었다. 한데 이름조차 모른다니 적잖게 실망이 되었다.

그때까지 잠자코 있던 당모충이 화철삼의 어깨를 두드리며 부드러운 목소리로 입을 열었다.

"난 철삼이의 친구인 당모충이라네."

"처음 뵙겠습니다."

화사평이 급히 허리를 숙이자 당모충은 고개를 주억거리며 말을 이었다.

"실례가 되지 않는다면 나도 한 가지 물어봐도 되겠는가?"

"당치 않습니다. 실례라니요."

화사평은 당황하여 급히 대답했다.

숙부의 친구라면 자신에게도 숙부나 마찬가지였다.

"혹시 그 사람의 얼굴을 보았는가? 아니면 대충 나이라도 짐작할 수 있는지."

"그는 저와 비슷한 나이로 보였습니다. 물론 얼굴도 보았지요. 하지만……."

당모충은 화사평의 비슷한 나이라는 말을 듣는 순간 내심 당혹스러웠으나 이어지는 말에 이채를 띠며 물었다.

"하지만?"

"그가 말하길 지금의 모습은 자신의 본모습이 아니라 했습니다. 또한 천하에 자신의 얼굴을 아는 자는 없을 거라고도 하더군요."

"변장을 즐겨 하는가 보군. 강호에는 그런 자들이 종종 있지."

화철삼이 알겠다는 듯이 말했다.

"숙부님 말씀이 맞습니다. 그가 제게 가면을 만들어달라 한 것도 그런 이유에서입니다. 인피면구를 쓰는 건 이젠 질렸다고 하더군요."

당모충은 곰곰이 생각했다.

현 강호에서 인피면구를 쓰는 자들은 꽤 된다. 그러나 철독녹사 담사남을 그렇게 깨끗하게 죽일 정도의 실력을 가진 자는 다섯 손가락에 꼽는다.

게다가 담사남은 독으로 일각을 이룬 자다.

자신이 확인한 결과 담사남은 분명 독을 썼다.

그것도 그가 사용하는 독 중 가장 극성이 높은 만천해(滿天海)다.

이는 당문에서조차 그에 대한 해독약을 만든 지 얼마 되지 않은 절독 중의 절독인데 그럼에도 불구하고 괴인에게는 별다른 영향을 끼치지 못했다.

독이란 내공만 높다고 해서 물리칠 수 있는 게 아니다. 물론 내공이 출신입화의 경지에 이르렀다면 가능할 수도 있겠지만, 그런 사람이 현 강호에서 몇이나 되겠는가?

독에 조예가 깊으면서 변장에 능하고 경공과 내공이 모두 뛰어난 자.

그런 사람은 자신이 기억하는 한 존재하지 않았다.

'어디서 갑자기 그런 자가 튀어나왔는지 모르겠군.'

당모충이 골몰하고 있을 때 화사평이 사뭇 심각한 표정으로 입을 열었다.

"아버님, 그리고 숙부님."

"왜 그러느냐?"

"두 분께 청이 있습니다."

화덕유가 의아하다는 듯이 물었다.

"뭔데 그러느냐? 말해보거라."

화사평은 쉽게 말을 꺼내지 못하고 입술을 꾹 다물었다.

"어서 말해보아라. 이 숙부가 들어줄 수 있는 것이라면 뭐든지 들어주겠다."

그 말이 떨어지자 화사평은 화덕유와 화철삼을 차례로 쳐다보며 말했다.

"저는 서월문에 입문하고 싶습니다."

"응?"

화철삼은 흠칫하더니 이내 화덕유를 바라봤다.

물론 화철삼은 찬성했다. 화사평을 처음 보자마자 권유했던 게 그것이었으니까.

하지만 자신 혼자 결정할 수 있는 사안이 아니었다. 지금은 서월문의 위기라 할 수 있었고, 바로 하루 전 서월문도들이 목숨을 잃기도 했다.

즉, 그만큼 위험한 일이었으니 화덕유의 허락이 반드시 필요했다.

"그것이 네 소원이냐?"

"그렇습니다, 아버님."

화사평은 엄숙한 표정이었고, 화덕유는 아들의 확고한 의지를 읽었다.

'네 녀석 고집은 변한 게 없구나.'

화덕유는 속으로 웃었다. 십 년 전에도 이랬다. 가면을 만들기 싫다고 말했을 때와 표정도 똑같았다.

그때는 불같이 화를 냈었다. 하지만 지금은…….

나이가 들어서일까. 자신이 변해 버렸다. 아들도 나이가 찼으니 이젠 그가 하는 일을 조용히 옆에서 바라보는 게 아비의 몫이 아닐까 하는 생각이 들었다.

"좋다. 네가 원하는 바를 하거라."

모두가 나가고 혼자 남게 된 화사평은 천천히 자리에서 일어났다. 그리고 서랍 안에서 물건 두 개를 꺼냈다.

만혼주라 새겨진 옥패와 두꺼운 대나무 잎처럼 생긴 쇳조각.

만혼주는 망혼곡주의 신물이다.

자신은 망혼대법을 펼치기 전 이사제에게 곡주의 지위를 물려줬었다. 그러니 지금 이 순간 이곳에 있어선 안 되는 물건이었다.

그러나 그럼에도 이것이 자신의 손에 있다는 것은 이사제가 곡주의 지위를 거부했다는 뜻이다. 그리고 돌아와 달라는 뜻도 담고 있으리라.

'이사제······.'

그의 머릿속에 언제 보아도 차갑기만 한 인상의 이사제의 얼굴이 떠올랐다.

'미안하다.'

그는 조용히 되뇌고는 시선을 쇳조각으로 향했다.

그것은 자신의 애병 중 하나였다.

이름은 엽섬비(葉閃匕).

엽섬비는 언뜻 쇳조각처럼 보였지만, 내력을 이용하여 분리하면 예순두 개로 나눠진다.

그리고 두께는 매미 날개처럼 얇으나 강도는 보검을 두부처럼 잘라내고, 두터운 호신강기를 찢어내는 천하의 기병이다.

칭!

화사평이 가볍게 손가락에 힘을 주자 엽섬비가 손안에서 부챗살처럼 펴지며 예순한 개로 나뉘어졌다.

'역시 하나가 부족해.'

그는 물끄러미 엽섬비를 쳐다보다 고개를 흔들었다.

처음부터 손에 느껴지는 무게가 달랐다. 하나만큼 무게가 덜 나간다 생각했는데 역시나 예상대로다.

왜 하나가 비는지 알 수 없었다.

실상 그것은 민머리사내의 머리를 부수는 데 사용됐으나 화사평은 기억하지 못했다.

이는 망혼대법의 고통 속에서 부지불식간에 펼쳐진 일수였기 때문이다.

화사평은 아쉬운 마음이 없는 건 아니었으나 이미 잃어버린 물건에 연연해하는 성격이 아니었다. 그가 볼 때 그런 고민은 시간낭비에 불과했다.

우우웅!

갑자기 엽섬비가 그의 손에서 세 치가량 떠올랐다.

그리고 서서히 옆으로 퍼지더니 그를 둘러싸며 회전하기 시작했다.

엽섬비는 창으로 스며드는 햇살을 받아 눈부신 광채를 뿌려 댔고, 빛들이 반사되어 방 안 이곳저곳을 비추는 모습은 그야말로 장관이었다.

후후훙! 후웅!

엽섬비의 궤적은 시간이 흐르면서 점차 변해갔다. 속도는 가공할 정도로 빨라졌다. 그러면서도 예순한 개가 모두 다른 궤적을 그리고 있었다.

어떤 것은 벽면에 부딪칠 듯 스쳐 갔으며, 또 다른 엽섬비는 화사평의 살갗을 종이 한 장 차이로 지나갔다.

눈이 어지러울 정도로 엽섬비가 사방을 휘젓고 다녔지만, 정작 중앙에 서 있는 화사평은 평온한 표정이었다.

그렇게 약 반 각 정도의 시간이 흐른 후.

엽섬비의 회전하는 속도가 서서히 줄어들었다. 그리고 처음과 같이 원을 그리며 화사평의 주위를 돌다가 어느 순간 그의 손바닥 위로 하나씩 모여들었다.

탁.

그리고 언제 그랬냐는 듯이 하나의 쇳조각으로 변해 화사평의 손바닥 위에 떨어져 내렸다.

화사평은 쇳조각을 만지작거리다 품 안에 넣었다.

그는 지금까지 자신의 무공을 점검했던 것이다.

결과는 모든 게 최상이었다.

기억을 잃은 채 오랫동안 무공을 사용하지 않았기에 사뭇 걱정이 되었으나, 기우일 뿐이었다.

'망혼곡에 가야 한다.'

이사제는 곡주의 지위를 거부했다.

곡주가 없는 망혼곡은 위험했다. 어느 문파나 마찬가지겠지만 망혼곡은 특히 모든 명령권이 곡주에게 있다.

그러니 만에 하나 불미스런 일이 발생했을 경우 곡주가 아닌 상태의 이사제는 망혼곡의 율에 따를 수밖에 없다.

그 율이란 단순하지만 고지식한 것이었고, 자칫하면 많은 이들의 목숨을 앗아갈 수 있는 위험한 것이었다.

그러니 자신이 가야만 했다.

자신이 여전히 곡주인 이상 사제들을 보호해야만 하는 의무가 있었다.

이는 어쩌면 처음 망혼곡을 떠나올 때 결정했어야 한 일이었는지도 모른다. 그러나 그렇게 하지 못했다. 강호를 떠나겠다는 의지 한편에는 그러지 못하리라는 막연한 예감이 작용했다.

또한 이사제의 우직함을 간과했다.

아니, 어쩌면 이사제는 지금 겪고 있는 자신의 상황을 예견했기에 그랬을 수도 있다. 그의 과거는 아무도 모른다. 나이는 열 살 이상 많다. 망혼곡에 들어오기 전부터 무인이었다. 그러니 강호의 경험이 풍부했고, 한번 발을 들인 사람이라면 절대 떠나지 못한다는 강호의 습성을 자신만큼이나 잘 알고 있었으리라.

자신 역시 그런 사실을 알면서도 이곳에 돌아온 이유는 한 가지다.

부모님이 보고 싶었다, 미치도록 보고 싶었다.

사부가 죽고 십년지약이 끝나는 순간 머릿속은 오직 그 한 가지로 가득 찼다.

처음부터 무공을 익히고 싶던 건 아니었다. 모든 건 그날 사부를 만나는 순간부터 비롯되었다. 사부의 제의, 큰 고민 없이 승낙해 버렸다. 하나, 그 결과는 자신의 인생을 송두리째 바꿔 버렸다.

그랬기에 무공도, 과거도 잊고 순수했던 예전으로 돌아가 부모님을 만나고 싶었다. 강호의 피를 가득 뒤집어쓴 채로 부모님을 뵐 면목이 없었다.

그래서 망혼대법을 펼쳤다.

비록 그것이 한시적일지라도……

이젠 뜻을 이뤘다. 자신의 선택이 사무치는 그리움 때문에 빚어졌다 하더라도 어리석었음을 인정한다. 그러니 돌아가야만 했다. 그곳에서 탈각을 명하고 사제들에게 새로운 인생을 살 수 있는 기회를 주어야만 했다.

그것이 사랑하는 사제들을 위한 최상의 선택이었다.

떠나오니 깨닫게 되었다.

사제들도 부모님과 마찬가지로 이미 자신의 가족이었음을.

그리고 망혼곡에 가야 하는 이유는 또 있었다.

자신의 병기는 모두 세 가지다.

엽섬비, 용편검(龍鞭劍), 그리고 명혼기수(冥魂起手).

이들 세 가지 모두는 무림의 기보이면서도 일반적으로 쓰이지 않는 기문병기였다.

그러나 수중엔 엽섬비만 있었다. 용편검과 명혼기수는 망혼곡에 두고 왔다. 물론 엽섬비도 이사제가 넣어준 것이었겠지만.

어찌 됐든 지금으로선 그 두 가지 병기가 그다지 필요없어 보이더라도 무림의 일이란 알 수 없었고, 항상 최상의 상태를 유지하는 게 옳은 자세였다.

그리고 그것이 자신의 철칙이었다.

다만 당장은 망혼곡까지 다녀올 만한 시간적 여유가 없었기에 후일로 미룰 수밖에 없었다.

언제 다시 홍염방의 습격이 있을지 모르기 때문이다.

*   *   *

'안 오는 걸까?'

임서영은 오늘도 어김없이 담벼락에 기대어 앉은 채로 맞은편을 바라보고 있었다.

그러나 그녀의 시선이 닿아 있는 곳은 텅 빈 공간이었다. 다른 때라면 화사평이 그 자리를 메우고 장사를 하고 있었어야 하지만 오늘은 반나절이 지나도록 나타나지 않고 있었다.

'그렇게 소심한 사람처럼 보이지 않았는데.'

훌훌 털고 일어날 것만 같았다. 그런데 어제의 충격이 그토록 컸던 것일까?

임서영은 시무룩한 표정으로 턱을 괴었다.

이해되지 않았다.

지금까지 사람 보는 눈이 틀린 적은 없었다. 사람뿐만 아니라 예측했던 일 역시 대개가 그대로 이루어졌다. 그런 능력을 보며 부모님이 얼마나 기뻐하셨는가?

그런데 이번만큼은 제대로 틀렸나 보다.

화사평을 성격이 곧고 강한 사람으로 보았는데, 그게 아니었나 보다.

"흐휴……."

임서영은 가느다란 한숨을 쉬며 얼굴을 양 무릎에 파묻었다.

그녀가 화사평에게 관심을 가지게 된 것은 엿새 전이 아니라 그보다 이틀 더 전이었다.

새벽에 우연히 봇짐을 한아름 짊어지고 가는 화사평을 보았다.

그때는 얼굴이 조금 잘생기고, 체격이 다부지다는 느낌을 받았을 뿐 별다른 흥미는 일지 않았다.

그런데 그 후 곧바로 하나의 사건이 벌어졌다.

길가에서 자고 있던 꼬마거지를 깨우더니 그가 몇 마디 말을 나누었다.

그리고 꼬마거지의 손을 잡고서는 아직 문도 열지 않은 객점 문을 두드리는 게 아닌가?

한참 만에야 객점 주인으로 보이는 사람이 나왔고 둘이 실랑이를 벌였다.

객점 주인 입장에서는 화낼 만한 상황이었다. 한 사람의 손님을 받자고 영업 시간을 앞당길 순 없는 일이었다.

그러나 화사평은 포기하지 않고, 머리를 조아리며 설득하여 일각 만에야 꼬마거지와 함께 객점 안으로 들어갔다.

그때부터 흥미가 일기 시작했다.

새벽길을 가는 사람들은 대부분 하나의 특징이 있다.

바로 바쁘다는 것이다.

바쁘지 않다면 남들 자는 시간에 일어나 돌아다닐 이유가 없다.

그러니 그런 와중에도 많은 시간을 지체해 가며 꼬마거지를 챙기는 화사평이 신기할 수밖에 없었다.

거의 반 시진이 지나서야 두 사람은 객점을 나왔다. 꼬마거지의 손에는 커다란 보따리가 들려 있었다. 굳이 들여다보지 않아도 먹거리가 분명했다.

임서영은 화사평이 보기와 달리 꽤 부유하지 않을까 생각했지만, 이 후 그가 가판을 벌이고 점심 때 교자 두 개로 허기를 때우는 것을 보고는 자신의 생각을 수정했다.

그는 정이 많은 것이었다.

그렇게 칠 일 동안 화사평을 지켜봤다.

처음 이틀은 숨어서였지만, 나머지 닷새는 떡 하니 대놓고 지켜봤다.

결국 임서영은 화사평의 성격에 대해 꽤 많은 것을 알게 되었다.

요약하자면, 착하고 정이 많으면서도 고집이 있다는 것이었다. 그랬는데 지금은…….

"정말 내가 잘못 본 걸까?"

그녀는 너무나 낙담한 나머지 조그맣게 소곤거렸다.

부스럭.

그녀의 발치에서 인기척이 들린 것은 그때였다.

임서영은 고개를 번쩍 치켜들었다. 혹시나 화사평이 온 게 아닐까 싶어서였다.

"……!"

하지만 그녀 앞에 서 있는 사람은 기다리던 이가 아니었다.

백의 경장 차림의 서른 중반의 사내였다. 그는 날카로운 눈매가 인상적이었는데, 한 손에는 폭이 가느다란 검을 들고 있었다.

임서영은 그를 물끄러미 쳐다보다가 조용히 일어서서 걸었다.

그녀가 앞장서자 백의사내도 뒤를 따랐고, 인기척이 드문 골목에 들어서자 임서영은 획 하니 뒤돌아섰다.

"이렇게 앞에 나타나면 어떡해요?"

사내는 미소를 지으려 했는지 입꼬리를 조금 꿈틀거렸다. 그러나 그건 미소와는 거리가 먼 것이었다. 날카로운 눈매는 변하지 않고 입만 웃으려고 하니 왠지 모르게 괴이쩍은 표정이 되고 말았다.

"이제 돌아가시는 게 어떻겠습니까?"

"내가 왜요?"

"주군께서 걱정하십니다."

"일영(一影) 아저씨가 그걸 어떻게 아세요? 집을 나온 뒤로 한 번도 저와 떨어진 적이 없는데. 혹시 저 모르게 연락을 취한 건……."

"절대 아닙니다. 아가씨 곁을 떠나는 건 제가 죽을 때뿐입니다."

"아휴. 그 말이 아니잖아요. 그렇게 섬뜩한 말씀만 하실래요?"

"죄송합니다."

백의사내는 급히 허리를 숙였다.

임서영은 못 말리겠다는 듯 설레설레 고개를 저었다.

일영은 그녀의 부친이 심혈을 기울여 고르고 임명한 다섯 수신호위 중 우두머리였다.

그 다섯 명은 봉화오영(奉花五影)이라 불리는데, 모두 혼인을 하지 않았다.

가족도 없었다. 그 모든 게 임서영을 호위하는 데 있어 방해되기 때문이다.

봉화오영을 임명한 사람이자 주군은 당연히 임서영의 부친이다. 그러나 절대적인 명령권자는 임서영이었다.

하지만 그런 임서영에게도 그들에게 내릴 수 없는 명령이 있었다.

바로 자신을 떠나라는 명. 그것만은 봉화오영도 거부할 수 있었다.

임서영이 집을 나오려 할 때 가장 거치적거리는 부분이 바로 이들 봉화오영이었다.

생각 같아서는 모두 다 떼어버리고 싶었지만, 그들을 모두 따돌릴 만한 무공이 없었다.

결국 그녀는 아예 처음부터 일영을 불러 자신의 뜻을 밝혔다.

만약 임서영이 말없이 몰래 밖을 나가려 한다면 봉화오영 중 한 명은 반드시 그녀의 부친에게 보고할 터이고, 그러면 그녀의 계획은 모두 수포로 돌아가게 될 터이니 대놓고 알린 것이다.

일영은 그녀의 가출을 허락하거나 거부할 권한이 없었다. 그녀의 뜻을 알게 됐으니 그 뒤를 따르기만 하면 되는 것이었다.

그렇게 임서영은 봉화오영과 함께 집을 나왔다.

하지만 집을 나선 후 지금까지 봉화오영이 그녀 앞에 모습을 드러낸 적은 단 한 번도 없었다. 그들은 암중에서 임서영을 보호하는 것이지 드러내 놓고 보호하는 일반적인 보표가 아니었다.

"그 말씀하시려고 직접 오신 거예요?"

임서영이 물었으나, 일영은 말이 없었다.

그녀는 일영에게 다른 하고 싶은 말이 있다는 걸 짐작할 수 있었다. 하지만 일영이 말하지 않으리란 사실 역시 알았다. 그로서는 방금 전, 집으로 돌아가라 했던 말도 권한 밖이라 할 수 있었으니까.

"어제도 들었는데, 오늘 또 듣게 되네요. 집으로 돌아가란 말."

조용히 읊조리는 그녀는 왠지 모를 슬픈 표정이었다.

"집에는 갈 거예요. 저도 평생을 떠돌이로 보내고 싶은 생각은 없으니까. 하지만!"

임서영은 일영의 눈을 똑바로 쳐다보며 말을 이었다.

"지금은 아니에요. 아시겠죠?"

"알겠습니다."

일영은 임서영이 권유를 뿌리쳤음에도 미련없이 대답하고는 곧바로 신형을 감췄다.

*　　　*　　　*

늦은 저녁, 화사평은 홀로 화금장을 돌아보고 있었다.

화금장의 모든 식구들은 이미 서월문으로 거처를 옮긴 후였다. 화덕유가 함께 가자고 했지만, 화사평은 저녁 때 가겠다며 남았다.

그가 남은 것은 별다른 이유에서가 아니었다.

막상 거처를 옮기려 하니, 문득 어렸을 적 추억이 떠올랐고 그것을 조금이라도 더 만끽하고 싶어서였다.

화금장이란 이름으로 십 년 전과는 비교할 수 없을 만큼 커져 버렸지만 지금도 당시의 것들은 그대로 남아 있었다.

싸리나무로 만든 허술한 담, 그리고 낡은 초가. 초가의 벽을 타고 조금 돌아가면 보이는 몇 개의 의자와 벽에 걸어둔 각종 도구들.

가면을 만드는 데 필요한 것들이다.

이 모두를 화덕유는 훼손하지 않고 그대로 보존하고 있었다.

후에 자신이 변하더라도 애초에 무엇을 했던 사람인지 잊지 않으려고 놔둔 것이었다.

화사평은 그곳에서 가장 작은 의자에 조심스럽게 앉았다.

의자는 너무나 작아 엉덩이만 살짝 걸쳤는데도 삐걱거려댔다.

순간 화사평의 입가에 희미한 미소가 생겨났다.

그가 지금 앉아 있는 허름한 의자는 어렸을 적 자신이 가면을 만들 때 사용하던 것이었다.

그때는 삐걱거리지도 않았고, 양다리를 모두 올리고 앉아도 널찍하기만 했는데 지금은 앉을 수조차 없을 만큼 작아져 있었다.

'그때는 왜 그렇게 싫었는지.'

나이가 들어서 생각이 바뀐 것일까? 지금은 왠지 가면을 만드는 직업도 꽤 괜찮은 일처럼 보였다.

그는 도리질을 치며 일어났다. 그러다가 뭔가가 퍼뜩 생각나 두 눈을 반짝였다.

'거기는 그대로일까?'

화사평은 화금장을 벗어나 집 뒤쪽으로 이어져 있는 죽림으로 걸음을 옮겼다.

늦은 저녁이라 이미 해는 떨어져 어두컴컴했다.

그럼에도 화사평은 거침없이 대나무를 해치며 곧장 산길을 올랐다.

그렇게 반 각 정도 올랐을 때.

화사평은 눈을 살짝 치켜떴다.

숲 한쪽에서 불빛이 새어 나오고 있었다.

지금 시간 숲 속에 불빛이 있다는 사실도 이상한데, 더욱이 그 위치는 자신이 향하던 방향이었다.

발걸음이 더욱 빨라졌다.

이윽고 도착한 곳은 입구가 가슴어림 정도까지 오는 자그마한 동굴이었다.

입구 위쪽으로부터 삐쭉한 돌이 아래로 쏟아지듯이 돌출되어 있어 거의 한 자 가까이 접근하기 전까진 입구가 보이지 않는 구조였다.

이곳은 화사평이 어렸을 때 찾아낸 그 자신만의 공간이었다.

부모님께 혼이 나거나 울적한 일이 있을 때, 혹은 뭔가 골똘히 생각하고자 할 때 자주 찾던 곳이었다.

그런데 지금은 불청객이 와 있었다.

불빛은 동굴 안으로부터 새어 나오고 있었던 것이다.

무려 십 년이 넘게 흘렀으니, 다른 사람이 동굴을 발견했다 해도 딱히 이상할 건 없었다.

아쉬움은 남을지언정 자신이 주인이라 주장할 수도 없는 동굴이지 않은가.

한데 문제는 그게 아니었다.

화사평은 가볍게 팔짱을 끼었다.

동굴 주위로 다섯이나 기척이 감지되었다.

하나는 동굴 입구에서 채 이 장도 떨어지지 않은 곳에 은신해 있었고, 둘은 오 장의 거리를 두고 남북의 위치에 있으며, 다른 둘은 팔 장의 거리에서 동서를 막고 있었다.

'호위들이로군.'

화사평은 단번에 파악했다.

동굴 안에 있는 자를 노리고 암습하려는 것이라면 이런 방위를 유지할 필요가 없었다.

또한 동굴 밖에 있는 자들은 개개인이 모두 절정에 이른 고수인데 반해 동굴 안의 기척은 어느 정도 무공은 익혔으나 그 수준이 한참이나 낮았다.

다섯 중 한 명만 들어가도 단번에 제압할 수 있는 수준이었다.

'대체 누가 안에 있기에……'

그는 문득 궁금해졌다.

이 정도로 뛰어난 호위를 거느릴 만한 자는 강호에서도 그리 많지 않았다.

화사평은 팔짱을 낀 채로 잠시 생각했다.

안에 들어가면 좋은 일보다는 안 좋은 일이 일어날 가능성이 더 많았다.

강호의 인물들 중에는 괴팍한 자들도 많고, 방해받는 걸 극도로 싫어하는 자들도 다수이기 때문이다.

안에 있는 자의 정체를 모르는 이상 원하든 원치 않든 손을 써야 할 일이 발생할 수도 있었다.

하지만 화사평의 고민은 오래 이어지지 않았다.

그는 들어가 보기로 결정했다.

이미 호기심이 일었고, 왠지 모르게 자신만의 보금자리를 빼앗긴 것에 대해 분한 마음도 있었기 때문이다.

화사평은 허리를 숙이고 동굴에 들어섰다.

입구를 지나자마자 성인이 허리를 펴고 걸을 수 있는 정도로 높이가 높아졌고, 폭도 넓어졌다. 동굴은 입구에 비해 꽤나 큰 편이었다.

예전 같았으면 너무나 어두워서 화섭자의 도움이 필요했겠지만, 지금은 불빛이 있어 걸음을 걷는 데 문제가 되지 않았다.

"흠!"

불빛에 가까워지자 화사평은 한차례 헛기침을 하고는 일부러 발소리를 크게 했다.

"누구세요?"

그러자 예상했던 대로 안쪽에서 사람 목소리가 들려왔다.

'이 목소리는?

화사평의 얼굴에 의외란 표정이 떠올랐다.

무척 낯익은 목소리였다. 바로 어제 들은 목소리인데 잊을 리 있겠는가?

더 안으로 깊숙이 들어가자 호롱불 세 개로 주위를 밝힌 채 한 소녀가 앉아 있다가 그를 보고는 벌떡 일어섰다.

"어?"

"너였구나."

임서영은 무척이나 놀란 눈으로 화사평을 뚫어져라 쳐다보았다.

너무나 뜻밖이었다.

해가 지도록 기다릴 때는 나타나지 않던 사람이 완전히 포기하고 돌아오자 만나게 되었으니.

"어떻게 여길……."

"여긴 십 년 전까진 나의 공간이었다."

"그, 그랬군요. 원래 주인이 있던 곳이었군요. 그래서……."

임서영은 말끝을 흐리며 한쪽을 바라봤다. 그곳엔 자그마한 목각 인형 하나가 벽에 기대어져 있었다.

"그럼 저 인형은 당신 것인가요?"

화사평은 조용히 걸어가 목각 인형을 주워 들었다. 그리고 고개를 끄덕였다.

"직접 만든 건가요?"

화사평은 대답하지 않았다. 하지만 그것은 긍정의 또 다른 표현이었다.

"손재주가 좋네요. 무척 잘 만들었던데."

임서영이 살며시 웃었다.

비록 얼굴은 깨끗하지 못했지만, 그녀의 미소는 그런 더러움을 모두 잊게끔 만드는 매력이 깃들어 있었다.

하지만 화사평은 그 미소를 보지 못했다. 그의 시선은 낡은 목각 인형에 고정되어 있었다.

그것은 여인의 모습이었다.

손바닥보다 작은 인형에 불과하지만 긴 머리카락에 오뚝한 콧날, 그리고 아름다운 미소가 마치 살아 있는 사람 같았다.

"가면 안 만들고 뭐 하고 있어?"

"지겹습니다."

"이놈의 자식이. 아비 말이 말 같지 않아? 그런데 대체 그게 뭐라고 하루 종일 붙잡고 놓지 않아?"

"혼인 선물이요."

"누가 혼인한다더냐?"

"제 여자가 될 사람의 혼인 선물입니다."

"뭐, 뭐야? 하하핫. 네가 몇 살인데 벌써부터 여자 타령이야."

"저도 언젠가는 할 거 아닙니까. 그때를 대비해야지요."

"누가 애늙은이 아니랄까 봐 일찍부터 대비하는구나. 어디 보자, 여자의 모습인데 아는 사람은 아닐 테고. 혹시 장차 네 색시가 될 사람의 얼굴이냐?"

"맞습니다."

"에라이, 이놈아. 그런 식으로 정해놓으면 혼인하기는 글렀어. 혼인이란 건 적당한 인연이 생겼을 때 하는 거지 그렇게 얼굴을 정해놓으면 이뤄질 리가 있겠느냐? 게다가 그렇게 예쁜 여자가 너에게 시집이나 올까."

"사람 일이란 두고 봐야 압니다."

"하하하. 그래, 두고 보자, 어찌 되는지."

목각 인형의 이름은 연월(緣月)이었다.

달과의 연이란 뜻으로 훗날 처가 될 사람을 달에 비유하여 이름 지었다.

그런데 연월이 완성된 다음날 화사평은 집을 뛰쳐나갔다, 이렇게 연월만을 혼자 동굴 안에 덩그러니 남겨둔 채.

'너에게 미안했구나.'

화사평은 연월을 몇 차례 쓰다듬더니 소중히 품에 넣었다.

"저기……."

그 모습을 본 임서영이 슬며시 눈치를 보며 입을 열었다.

"전 임서영이에요."

그리고는 화사평을 물끄러미 쳐다봤다.

화사평은 그녀가 바라는 게 무엇인지 알았다.

"내 이름은 화사평이다."

"와! 좋은 이름이네요. 그런데 계속 그렇게 서 있을 거예요?"

임서영의 말에 화사평은 바닥에 편히 앉았다.

그러자 임서영이 그 앞에 바짝 붙어 앉았다. 거의 한 자도 안 되는 거리다.

화사평은 보일 듯 말 듯 미간을 찌푸렸지만 말리지 않았다.

"집에 돌아가지 않을 셈이냐?"

"갈 거예요, 지금 당장은 아니지만. 근데 왜 자꾸 저한테 가라고만 해요? 제가 지저분해서 싫어요?"

"그거하곤 상관없다."

임서영도 그가 더러움을 개의치 않는다는 사실은 이전부터 알고 있었다. 그렇지 않았다면 꼬마거지를 도와주었을 리 없으니까.

하지만 아무것이라도 그와 이야깃거리를 만들고 싶었다.

"나도 집을 나와봤기에 하는 말이야."

"아! 그럼 저와 동지네요. 그럼 오히려 이해해 줘야 하는 거 아니에요?"

"지금은 돌아왔다. 혼자 떠도는 것은 힘든 일이니까."

"고생을 많이 했나 보군요. 어떤 일을 겪었나요?"

그녀는 두 눈을 반짝이며 화사평의 대답을 기다렸지만, 화사평은 그녀에게 얘기하고 싶지 않았다. 아니, 그 누구에게도 말하고 싶지 않았다.

화사평이 잠자코만 있자, 그녀는 묻지도 않았는데 갑자기 자기 이야기를 꺼냈다.

어떻게 부모님이 자신을 속박했는지, 그리고 할아버지 역시 말리기는커녕 그에 동참해 얼마나 자신을 괴롭혔는지를 신이

나서 풀어놓기 시작했다.

화사평은 처음엔 별 관심이 없었다.

그의 관심사는 현재 서월문과 자신의 가족에 대한 것이었지, 타인의 가족사가 아니었다.

그런데 이상했다.

임서영의 이야기를 듣다 보니 그녀의 심정이 점차 이해가 되고 동화되어 가는 게 아닌가?

자신에게 뛰어난 손재주가 있었다면 그녀는 재미있고 실감 나게 이야기하는 재주가 있었다.

거기다 집안에서 겪은 상황도 비슷했다. 부모에 대한 반항심에서 집을 뛰쳐나온 것도 똑같았다.

그녀의 이야기는 이각이 넘도록 계속됐고, 그때는 화사평이 그녀의 이야기 속에 푹 빠져 버린 뒤였다.

"그렇게 해서 도망쳐 나왔어요. 헤헤."

다시 일각이 흘러서야 드디어 이야기는 끝이 났고, 임서영은 하얀 치아를 드러내며 귀엽게 웃었다.

"그랬구나."

화사평은 그녀를 응시하며 조용히 고개를 끄덕였다.

괜히 미안한 감정이 들었다.

그녀의 이야기를 들어보지도 않고 무조건 집으로 돌아가라고만 했다. 비록 그 말이 틀리진 않았더라도 너무 무성의했던 게 사실이었다. 이는 마치 다 커버린 어른이 아이를 대하는 방식과 같지 않은가?

어렸을 때 그처럼 싫어하던 어른들의 행동을 자신도 모르게 따라 한 것이었다.

어쩌면 자연스럽게 몸에 밴 습관 때문인지도 모른다.

망혼곡에서 자신은 대사형이었다.

여섯 명의 사제와 한 명의 사매가 있었다.

그런 그들을 듬직하게 이끌어야 했으니 상의하기보다는 명을 내리는 습관이 생겨 버렸다.

하지만 이곳이 망혼곡이 아닌 이상 버려야만 할 습관이었다.

"무슨 생각하세요?"

화사평이 잠자코만 있자 임서영이 불쑥 물었다.

"아무것도 아니다."

화사평은 일어섰다.

"가시게요? 이제 겨우 시작인데."

임서영은 못내 아쉬운 표정으로 따라 일어섰다.

"가봐야지. 너무 늦었어."

"또 오시는 거죠?"

화사평은 잔뜩 기대 어린 표정으로 자신을 바라보고 있는 임서영을 묵묵히 쳐다보다 고개를 끄덕였다.

"사흘에 한 번은 오겠다."

화사평은 그런 대답을 하는 자신을 정작 본인도 이해할 수 없었다.

동정심 때문인지, 아니면 그게 아닌 다른 무엇인지.

하지만 어떤 이유가 되었든 그녀의 이야기를 끝까지 들어야겠다는 막연한 생각이 들었다.

"약속했어요!"

"그래."

화사평은 신형을 돌려세웠다. 그리고 입구를 향해 몇 걸음 걷다가 멈춰 서더니 묵직한 음성으로 말했다.

"어젠 고마웠다."

그리고는 뒤도 돌아보지 않은 채 밖으로 사라져 버렸다.

그의 뒷모습을 바라보는 임서영의 얼굴에 점차 화사한 미소가 피어나기 시작했다.

그녀는 마치 커다란 선물을 받은 아이처럼 기분이 좋았다.

집을 떠나와 변한 것일까?

일개 가판상의 말에 자신이 이렇게 기뻐하게 될 줄은 상상조차 하지 못했다.

하지만 그녀는 집을 뛰쳐나오며 다짐한 게 있었다.

생각 가는 대로, 그리고 마음 가는 대로 느끼고 행동한다. 그동안의 구속은 모두 잊어버린다.

그 결과가 지금 이 순간을 낳았다.

그러니 화사평이 가판상이든 고관대작이든 아무 상관이 없었다.

자신의 감정에 충실하면 그것으로 족하지 않은가?

第七章
입문(入門)

화사평의 입문식은 그가 거처를 옮긴 다음날 곧바로 치러졌다.

　구파와 같은 명문대파의 입문식은 문파의 어른들의 입소하에 장중히 거행되나 서월문은 신흥방파일 뿐만 아니라 상황이 상황인만큼 최대한 간소하게 이뤄졌다.

　서월문은 일 년에 두 번 문도를 선출했다. 그것도 대부분 무공의 기본은 익힌 자들에 한했다.

　초기의 신흥방파의 경우, 무공을 처음부터 가르치기보다는 바로 실전에 투입할 수 있는 무인을 뽑다가 이후 어느 정도 기반을 닦고 나서부터는 근골이 뛰어나거나 자질이 보이는 자를 선출하여 가르쳐 나가는 게 일반적이었다.

서월문도 다음 해부터는 무공을 익히지 않은 자들도 선출할 예정이었다.

하지만 올해 화사평이 들어오게 되었으니 이는 일종의 특혜나 다름없었다.

"이로써 너는 본 문의 문도가 되었다. 이제부턴 나를 숙부가 아닌 문주로 불러야 할 것이야."

"명심하겠습니다."

화사평은 화철삼이 내민 장검을 양손으로 받으며 고개를 숙였다.

"그래야지. 단, 사적인 자리에서는 숙부로 불러도 좋다. 나도 너무 딱딱한 것은 싫어서 말이야."

화철삼은 한마디 덧붙이며 사내답게 굵직한 미소를 지었다.

뒤이어 그는 서월문의 구성에 대해 설명했다.

조직 체계는 비교적 간단했다.

유월대(柳月隊)와 해월대(諧月隊), 두 개의 대(隊) 아래 각기 다섯 개씩 총 열 개의 향(香)이 있었고, 향은 적게는 여덟, 많게는 열두 명으로 구성되어 있었다.

화금장에서 희생된 서월문도 열둘이 육향(六香)이었다. 때문에 지금은 아홉 개의 향만 남아 있는 상태였고 그가 배속될 향은 유월대 오향으로, 동생인 화남평과 같은 소속이었다.

마지막으로 화철삼은 두 개의 책자를 내냈다.

"이것은 본 문의 심법과 검법이다. 사실 너는 이미 무공을 익히기에 나이가 많은 편이다. 그러니 다른 문도들보다 더욱 매두몰신해야 할 게다."

"명심하겠습니다."

"그래. 너를 믿는다."

화철삼은 화사평의 어깨를 두드리며 예의 듬직한 미소를 지었다.

문주의 거처인 상평청을 나온 화사평은 책자를 품에 넣고는 곧바로 다른 곳을 향했다.

몇 개의 목조 건물을 지나친 후 그가 도착한 곳은 오향각(五香閣)이라 이름 붙여진 일층 전각이었다.

각 향들은 각기 다른 숙소를 가지고 있었는데, 이곳은 이름 그대로 오향의 소속원들이 기거하는 곳이었다.

삐걱.

그가 문을 열고 들어가자 방 안에 있는 사람들 모두 하던 일을 멈추고 고개를 돌렸다. 하지만 단 한 사람만은 그를 쳐다보지 않았다.

화남평.

그는 처음부터 화사평이 입문하는 것을 반대했었다. 하지만 그의 주장은 무시되었고 결국 이렇게 다시 만난 것이었다.

동생의 냉대를 보니 화사평은 씁쓸한 마음을 감추지 못했지만 애써 내색하지 않았다. 동생과의 관계를 푸는 데는 시간이 필요하리라.

"만나서 반갑네. 나는 여진방이라 하고 오향주를 맡고 있다네."

서른 후반가량 돼 보이는 사내가 다가오더니 먼저 말을 건
넸다.

그는 살이 있는 체구에 중키의 사내였는데, 그래서인지 웃
는 모습이 무척 순해 보였다.

"잘 부탁드리겠습니다."

"문주님께 이야기는 들었네. 무공을 배운 적이 없다지? 그
래도 너무 걱정하지 말게. 처음이 있어야 끝도 있는 거 아니겠
는가. 무공에 끝이 있는지는 나도 모르지만 말일세."

"말씀 감사합니다."

"자네 자리는 저곳일세."

여진방이 한쪽을 가리켰다.

그곳엔 옷이나 다른 잔도구들을 놓을 수 있는 각대와 침상
이 있었고, 바로 위벽에는 십일이란 숫자가 적혀 있었다.

"다른 때는 그렇지 않지만 얼마 전부터는 홍염방과의 마찰
로 모두 이곳에서 먹고 자고 한다네."

뒤이어 그는 오향의 일원들을 하나씩 소개시켜 주었다. 그
들의 나이는 모두 이십대에서 삼십대 중반이었는데, 그중 가
장 어린 사람이 화남평과 또 다른 청년이었다.

"오셨군요."

화사평은 청년의 말에 조용한 미소를 지었다.

그와는 안면이 있었다.

대머리사내에게 당했을 때 보았던 동생의 친구라는 청년이

었다.

"그때는 경황이 없어 인사드리지 못했습니다."

그는 고덕현이라 했으며, 스무 살로 화남평과 동갑이었다.

"부족하지만 제가 형님을 지도하게 됐습니다. 잘 부탁드리겠습니다."

"부탁은 내가 해야지."

화사평은 부드러운 미소를 지으며 대답했다.

이후 고덕현은 서월문의 일반적인 규칙에 대해 설명했다. 특이하게도 서월문에선 문주와 대주, 그리고 향주를 제외한다면 모든 문도가 평등한 입장이었다.

즉, 오향을 예로 든다면 향주를 제외한 열 명은 입문한 순서와 상관없이 수평의 관계였다. 대신 연장자에 대한 예우는 있었다.

이는 확실히 화사평이 알고 있는 강호 방파의 율과 달랐다.

화사평은 대사형이었다. 그가 사부의 첫 번째 제자였고, 그이후에 들어온 제자들은 나이와 상관없이 모두 그에게 존칭을 써야만 했다.

완전 정반대의 상황인 것이다.

하지만 그건 각 문파의 특성이었으니, 서월문도가 된 이상이곳의 법도를 따라야만 했다. 어쩌면 화사평으로는 그게 더나았다.

자칫하면 동생에게 존칭을 써야 할 수도 있는 상황인 것이다.

고덕현은 이어 몇 가지 당부 사항을 말해주었고, 마지막으로 책자에 대한 얘기를 꺼냈다.

"일단 문주님께 받은 책을 읽어보세요. 처음엔 무리하게 이해하려 하지 마시고 가볍게 보는 게 나을 겁니다. 무공이란 게 처음 접하면 난해하기 짝이 없어서 뭐가 뭔지 몰라 머리가 몽롱해지거든요. 내공심법은 더욱 그렇고요. 그러면 두 시진 후에 다시 뵙겠습니다."

고덕현이 자리를 내주자 화사평은 침상 옆에 딸린 조그만 의자에 앉아 두 권의 책을 탁자 위에 나란히 올려놓았다.

풍하조월(風下找月).
서월검보(曙月劍譜).

겉표지에 큼지막하게 네 글자씩 적혀 있었다.

풍하조월은 내공심법이었고, 서월검보는 말 그대로 검법을 기술해 놓은 비급이었다.

화사평은 먼저 풍하조월을 펴보았다.

일파의 근간이 되는 내공심법인데다 바람 아래 달을 채운다라는 이름에도 호감이 갔다.

책은 비교적 자세했다.

보통 비급이라 하면 알 만한 내용은 모조리 뛰어넘어 듬성듬성하게 설명하는 게 보통인데 풍하조월은 모든 부분에 있어 꼼꼼했다.

그렇지만 화사평이 그것을 읽는 데는 일각 이상이 필요치 않았다.

탁!

그는 풍하조월을 덮고 서월검보를 폈다.

이 역시 풍하조월처럼 처음엔 검을 잡는 마음가짐부터 세세하게 나열되어 있었고, 삼분의 일이 지나서야 초식 설명이 이어졌다.

서월검법은 전, 중, 후 육 초식씩 총 십팔 초식으로 이뤄져 있었다.

화사평은 빠른 속도로 책을 읽어갔다.

전식과 중식이 순식간에 지나가고 마지막 후식 중 삼초식이 남았을 때, 그의 눈에 가벼운 이채가 떠올랐다.

그는 뚫어져라 책을 쳐다보다 갑자기 옆에 두었던 풍하조월의 뒷부분을 다시 펼쳤다. 그리고 무슨 이유에서인지 마지막 한 장까지 세세하게 확인했다.

"흐음……."

한참 만에야 그는 나지막하게 한숨을 내쉬며 풍하조월을 덮었다.

그리고 지금까지와는 다르게 꽤나 집중해서 서월검보의 마지막 삼초식을 살폈다.

그 세 초식을 보는 데 걸린 시간이 풍하조월과 서월검보 나머지 부분을 보는 데 걸린 시간보다 배는 길었다.

결국 한 시진에 걸쳐 모두 읽은 화사평은 책을 덮고 눈을 감왔다.

서월문의 무공을 본 소감은 놀라움 반 아쉬움 반이었다.

예상했던 대로 풍하조월은 뛰어난 내공심법이 아니었다. 굳이 평가하자면 중하(中下)다.

서월검법 역시 마찬가지로 중하고, 좋게 보아줘도 중중(中中) 이상은 가지 못한다.

노력 여하에 따라 작은 지방의 패주까지는 가능한 무공, 더도 덜도 아니고 딱 그 정도 수준이다.

그런데 문제는 서월검법의 마지막 삼 초식이었다.

그것만은 서월검법 나머지 열다섯 초식과 차원이 달랐다. 상중(上中)이다.

즉, 구파의 무공 중 절공이라 칭해지는 것들과 대등한 수준인 것이다.

그런데 아쉽게도 방금 읽은 풍하조월만으로는 그 세 초식을 완벽히 펼치는 게 무리였다.

겉으로 드러나는 초식만으로는 제대로 된 위력을 발휘할 수 없는 법이다.

결국 뒷받침이 되는 내공심법이 필요해 마지막 장까지 샅샅이 뒤졌지만, 이에 관련된 부분은 없었다.

'숙부께서 이 사실을 알고 계실지 모르겠군.'

확률은 반반이다. 알 수도, 모를 수도 있다.

알고 있다면 그에 맞는 심법을 보충하려 노력하고 있는 것이고, 아니라면 그마저 시도하지 않고 있는 것이다.

어찌 되었든 화사평은 이전보다는 마음이 편안해졌다.

만약 서월문의 무공이 너무 낮은 수준이라면 몇 가지 쓸 만한 무공을 아무도 모르도록 전수해 주어야 했으나, 지금으로선 그럴 필요까진 없어 보였기 때문이다.

서월검법만 십성으로 익혀도 강호의 어엿한 문파가 될 수 있으리라.

그리고 후반 삼초식에 얽힌 심법 문제는 차차 해결하면 될 터였다.

"어?"

화사평이 책을 덮고 두 눈을 감고 있자, 밖에서 막 돌아온 고덕현이 놀란 표정으로 물었다.

"벌써 다 보셨습니까?"

"그렇네."

"정말 빠르시군요. 쉽지 않은 내용일 텐데."

"다 이해한 건 아니야. 단지 눈에 익혀놓은 것뿐이라네."

"그것만으로도 대단한 거예요."

화사평은 가볍게 웃었다.

고덕현은 사람을 다룰 줄 아는 청년이었다. 적절한 칭찬은 이제 막 배우기 시작하는 사람에겐 더없이 훌륭한 약이었다.

"예상보다 빠르긴 하지만, 우리 나갈까요?"

"어디 가야 할 데라도 있는 건가?"

"물론이죠. 이론도 중요하지만, 글만 보아서는 아무것도 이룰 수 없습니다. 직접 검을 잡아보고 휘둘러 봐야 감이 오지 않겠습니까?"

"자네 말이 맞네."

화사평은 검을 들고 일어섰다.

"아! 검은 놓고 가셔도 됩니다. 그곳에 가면 목검이 있으니 그것으로 연습하시면 충분할 겁니다."

화사평은 잠시 생각하다가 대답했다.

"그래도 나는 검을 가져가고 싶네. 늦게 시작한 것이니 되도록 손에서 떼어놓고 싶지 않아."

검을 아는 자, 검을 사랑하는 자는 항시도 검에서 떨어지지 않는다. 고수가 되려면 가장 기본이 되는 게 그것이다.

하지만 그건 대개 어느 정도의 경지에 오른 사람이 할 수 있는 말이었다.

그러니 지금 화사평의 말은 어떻게 보면 조금은 건방지게 들릴 수도 있는 것이었다.

하지만 고덕현은 어색한 미소를 지으며 고개를 끄덕였다.

"그럼 형님 뜻대로 하십시오."

"고맙네."

고덕현과 화사평이 오향각을 벗어나자 오향주 여진방이 슬며시 화남평을 불렀다.

"이봐."

그러자 창밖을 보고 있던 화남평이 고개를 돌렸다.

"예상했던 거하고 완전 딴판인걸."

"뭐가요?"

"네 형 말이다. 한량에다 더없이 막돼먹은 놈인 줄 알았는데 전혀 아니잖아."

"그런가요?"

화남평은 시큰둥하니 대답했다.

"십 년 동안 연락 한 번 하지 않고 부모 속을 썩였다더니, 그리 안 보이는데?"

그가 보기에 방금 전 화사평은 무척이나 점잖았다. 말솜씨도 유창하진 않았지만 절제된 법도가 있었다.

그런 자가 말도 없이 십 년간 가출을 했었다니, 도저히 믿기지 않았다.

"전 마음에 들지 않습니다."

갑자기 불쑥 냉악이 끼어들었다.

그는 오향에서도 향주 다음가는 실력자였다.

"뭐가 말인가?"

"지금이 어느 때입니까? 홍염방과 일전을 치러야 하는 중차대한 상황 아닙니까? 그런데 저런 초짜를 들이다니, 이게 될 법이나 한 것입니까?"

여진방의 표정이 침중하게 가라앉았다.

사실 그 점은 자신도 불만이었다.

문도 열둘이 죽었다. 물로 홍염방에서도 희생자가 있었지만 그건 서월문의 힘이 아니었다.

상대는 그만큼이나 강했다.

한데 이처럼 위급한 상태에서 문주는 새로운 문도를 받아들였다, 그것도 무공조차 익히지 않은 사람을.

하지만 문주의 결정을 따르지 않을 수도 없었다.

어찌 됐든 미약한 힘일지언정 가족과 문을 돕고자 나선 화사평 아니던가.

"좋게 생각하게."

여진방은 달래듯이 말했으나 냉악은 여전히 표정을 풀지 않았다.

"모르겠습니다. 어찌 됐든 저 친구가 문제라도 일으키지 않았으면 좋겠군요. 그때는 저도 참지 못할 테니까요."

"하!"

"차앗!"

화사평은 고덕현을 따라나선 지 얼마 되지 않아 우렁찬 기합 소리를 들을 수 있었다.

그 소리는 점점 커졌고, 이윽고 연무장에 당도했을 때는 귀청이 떨어질 정도였다.

그리고 굵은 땀을 흘리며 검을 휘두르는 서월문도들의 모습이 눈에 들어왔다.

사방 약 십오 장의 너른 연무장.

연무장 중앙은 평평하고 단단한 돌로 메워져 비무나 검진을 익히기에 적당했고, 그 주변은 수련에 이용되는 병기들과 기타 도구들이 잘 정돈되어 있었다.

홍염방과의 싸움을 앞두고 모두 긴장해서인지 수련하고 있는 이들이 많았고, 열기와 긴장감 또한 가득했다.

"이곳이 대연무장입니다."

연무장을 가볍게 한 번 둘러본 화사평은 꽤나 흡족했다.

풍족한 금력 때문인지 규모나 시설에 있어 좋은 점수를 줄 만한 연무장이었다.

"소연무장도 있습니다만 오향각과 거리가 있어 저희들은 주로 이곳에서 수련합니다. 형님도 이곳을 이용하시면 됩니다."

"알겠네."

"그럼 이쪽으로 오시지요."

고덕현은 가장 구석진 곳으로 화사평을 이끌었다.

그곳엔 화사평도 처음 보는 수련 도구가 있었다.

땅에서 한 자쯤 떨어져서 두 자 길이의 나무막대 두 개가 세 치 간격을 벌리고 종으로 고정된 형태였다.

"이건 종직대(縱直臺)라고 하는 건데 검을 위에서 아래로 내리긋거나 아래에서 위로 베어 올릴 때 얼마나 직선으로 움직이는 지 확인하기 위해 사용합니다. 일단 제가 시범을 보이겠습니다."

고덕현은 종직대 뒷부분을 조작하여 막대 사이의 간격을 대략 한 치 반 정도로 줄이곤 검을 뽑아 들었다.

"이렇게 하는 겁니다."

고덕현은 상단의 자세에서 검을 빠른 속도로 내리그었다.

휙!

검이 막대 사이의 한 치 공간을 베어내며 땅에 닿을 듯이 떨어져 내렸다.

"그리고!"

뒤이어 방금 전과는 반대로, 아래에서 위를 향해 검이 빠르게 휘둘러졌다.

쉬익!

그러자 처음의 상단 자세로 돌아갔다.

"이 수련에서 중요한 점은 얼마나 정확하고 빠르게 직선을 그을 수 있느냐 하는 것입니다. 정확한 직선을 그리지 못하면 대번에 나무에 검이 걸리겠죠."

"무슨 뜻인지 알겠네."

가장 기초적인 훈련이었다.

그래서인지 다른 수련 도구에는 몇 사람씩 붙어 수련하고 있는데 반해, 종직대에는 아무도 없었다.

"이와 비슷하게 횡으로 긋는 연습을 할 때는 이 횡직대를 사용하면 됩니다."

그는 바로 옆에 있는 기구를 가리켰다.

그것은 종직대와는 달리 횡으로 나무 사이의 간격이 나 있었다.

"이렇게 종횡으로 반듯이 그을 수 있어야 초식을 수련할 수 있습니다. 처음에는 어려우니 천천히 긋다가 점차 속도를 더해 단번에 그을 수 있게 수련하는 게 도움이 될 겁니다."

그러면서 고덕현은 검대에 걸려 있는 가벼운 목검을 집어 화사평에게 건네려 했다.

그러나 화사평은 고개를 저었다.

"이것으로 하겠네."

"진검으로요?"

"안 되는가?"

고덕현은 난처한 표정으로 대답했다.

"아니, 뭐 안 될 것까지야 없지만. 그거 무겁지 않으세요? 진검이란 게 보기와 달리 꽤 무게가 나가는데. 저도 처음 들었을 때 깜짝 놀랐거든요."

화사평은 부드러운 미소를 지었다.

"이 정도면 적당해."

"확실히 남평의 형님이시군요. 그 녀석도 목검을 싫어했는데."

"그랬나?"

"그럼요. 목검은 장난감 같다나 뭐라나 그러면서요."

화사평은 동생이 자신처럼 행동했다고 하자 조금은 우스웠다. 아무리 아니라 우겨대도 피는 속이지 못하지 않은가.

"이건 얼마나 수련해야 하는 거지?"

"아! 그걸 말씀드리지 않았군요. 횡직대나 종직대 모두 최대로 간격을 좁히면 검신이 겨우 통과할 겁니다. 그 상태로 백번 상하직단 혹은 좌우직단이 가능하면 됩니다."

그는 화사평을 보며 히죽 웃었다.

"그렇지만 그건 어디까지나 이론적인 겁니다. 그렇게까지

할 수 있는 사람은 아직까지 없었어요. 생각해 보세요, 그게 말이나 됩니까? 바늘 하나 빈틈밖에 없는데 백 번이나 연속해서 나무에 걸리지 않는다는 게."

"어렵긴 하겠군."

화사평이 가볍게 고개를 끄덕이자 고덕현은 정색하며 손사래를 쳤다.

"어려운 게 아니라 불가능이에요. 저도 운 좋게 일곱 번까지 한 적은 있지만 그것도 잘한 축에 든다고요. 남평이가 열한 번 했나?"

이에 화사평은 눈을 살짝 치켜떴다.

고덕현의 말이 앞뒤가 맞지 않았기 때문이다.

"자네 말대로라면 통과한 사람이 아무도 없다는 뜻인데. 그러면 모두 이걸 수련하고 있어야 하는 게 아닌가?"

"그건 말이죠. 현실적으로 타협을 본 거죠. 즉, 최대로 좁히고 하는 게 아니라 반 치의 여유를 두고 백 번 통과하면 합격으로요."

"그렇게 된 거였군."

화사평은 알겠다는 듯이 대수롭지 않게 중얼거렸다.

하지만 속마음은 이와 달리 불만스럽기 짝이 없었다.

무공에 타협이란 없다.

백 번이 아니라 천 번이라도 할 수 있어야 한다.

지금의 수련은 기초 중의 기초다. 정확한 초식을 구사하는 데 반드시 필요한 과정이다.

처음부터 얼렁뚱땅 넘어가면 다음 단계에서도 유사한 사태가 벌어진다.

그리고 그 결과는… 죽음으로 직결된다.

비록 자신이 수련했던 혹독한 과정을 이들에게까지 강요할 순 없지만 어느 정도는 틀을 갖출 필요가 있어 보였다.

"그럼 직접 한번 해보세요."

"알겠네."

스릉.

화사평은 대답과 함께 검을 뽑았다.

그리고 고덕현이 했던 것처럼 검끝을 비스듬히 하늘을 향하게 한 채 잠시 멈추었다.

휘이이잉!

바로 그때, 세찬 바람이 돌연 연무장에 몰아쳤다. 요즘 들어 자주 나타나는 변덕스런 초여름 바람이었다.

푸드드득.

그에 따라 고덕현과 화사평의 무복이 요란한 소리를 내며 펄럭이고 먼지가 사방으로 나부꼈다.

"웃!"

먼지들로 인해 고덕현은 급히 눈을 감았다. 그리고 다시 눈을 떴을 때 그는 기이한 느낌에 사로잡혔다.

'어?'

화사평이 검을 들고 있는 모습에서 뭔가 알 수 없는 이질감이 느껴졌다.

주위와 어딘지 모르게 어울리지 않았다.

그게 무엇인지 단박에 잡아낼 순 없었지만, 이상한 점이 있다는 것만은 분명했다.

고덕현은 눈을 크게 뜨고 화사평을 세세히 살폈다.

머리끝에서 발끝까지 단 한 곳도 놓치지 않았다. 그렇게 그의 시선이 화사평의 검에 다다랐을 때,

"아!"

드디어 그 뭔가를 찾아낸 고덕현은 자신도 모르게 탄성 소리를 냈다.

'흔들리지 않아!'

옷도 펄럭이고, 머리카락도 사정없이 흔들리고 있다. 그런데 검만은, 그것만큼은 한 치도 흔들림이 없다.

아무리 팔 힘이 세다 해도 어찌 저럴 수 있는가?

그뿐이 아니었다. 자신은 눈을 제대로 뜨지도 못했는데, 화사평은 처음과 변함없었다.

마치 검에 시선을 고정시킨 채 열반에 든 것만 같았다.

아니, 한 폭의 그림이다.

살아 있는 게 아닌 그림만이 이처럼 부동의 풍경을 만들어낼 수 있으리라.

"처음엔 느리게 하라 했지?"

"네? 네……."

고덕현은 너무나 놀란 나머지 얼떨결에 말을 더듬었다. 그러면서도 화사평의 검에서 시선을 놓지 않았다.

그런데 한참이 지났어도 검은 여전히 멈춰 있는 상태였다.

"저기, 이제 내리그으셔야……."

기다리다 지친 고덕현이 조심스럽게 말을 꺼냈다. 하나, 화사평의 대답은 뜻밖의 것이었다.

"그러는 중이야."

"네?"

고덕현은 어리둥절한 표정으로 화사평을 쳐다봤다. 지금 자신을 놀리고 있는 게 아닌가 싶었다.

그러나 화사평의 표정은 진지하기만 했다. 결코 농담이 아닌 것이다.

"그리고 부탁이 있는데, 말을 시키지 않아줬으면 좋겠어."

"그, 그건 또 왜인가요?"

그는 너무나 궁금한 나머지 말 시키지 말라는 말에도 묻고 말았다.

"말을 하려 하면 목을 울려야 한다. 그 울림은 전신을 거쳐 손에 전해진다. 결국 검끝에 영향을 미치고 미세한 떨림을 만들게 돼. 나는 검을 처음 다루지만 이 역시 가면을 만드는 것과 크게 다르지 않을 거라 생각한다. 가면에 선을 그려 넣을 때는 숨을 멈춰야 한다. 물론 말도 하지 않아야 하지. 그렇지 않으면 선이 비뚤어지게 되거든. 자네는 직선으로 검을 그으라고 했는데, 그리되면 이미 직선이 아니게 된다. 내 말이 틀렸는가?"

고덕현은 대답하지 못했다.

듣고 보니 맞는 말이긴 하다. 아니, 맞는 말인지 확신이 서지도 않는다.

누가 그런 미세한 떨림을 신경 쓰겠는가? 그 정도 떨림을 찾아낼 수 있는 사람도 거의 없을 텐데.

그러나 고덕현은 부지불식간에 크게 깨닫는 바가 있었다.

화사평이 말하고자 하는 것은 그야말로 원론에 충실해야 한다는 뜻이었다.

단 한 치의 부족함도, 허술함도 용납하지 않겠다는 철벽같은 의지의 표현이었다.

그는 멍한 상태로 화사평의 검끝을 바라보다가 어느 순간 안색이 확 바뀌었다.

'움직인다!'

그는 재빨리 얼굴을 검끝에 닿을 정도로 바싹 붙였다.

여전히 흔들림은 없다. 그림처럼 멈춰 있는 듯하다.

하지만 그렇게 뚫어져라 보고 있자 검이 아주 느리게 아래로 내려가고 있다는 사실을 알 수 있었다.

그 움직임이 너무나 느려 마치 정지해 있는 듯 착각이 들었던 것이다.

'말도 안 돼!'

그는 털썩 땅에 주저앉고 말았다. 다리 힘이 풀리고 말문이 막혔다. 어찌 사람이 이럴 수가 있는가.

이후 고덕현은 그 자세로 화사평의 검만을 쳐다봤다.

반 시진이 흘렀다.

확실히 움직이긴 움직였다. 하지만 그 시간 동안 겨우 세 치나 내려갔을까?

"휴우……."

결국 그는 한숨을 내쉬며 고개를 흔들었다.

"지금 뭐 하는 거야?"

"어이, 덕현아. 이거 지금 수련 중이야?"

"네?"

고덕현은 깜짝 놀라 주위를 둘러봤다. 화사평의 검끝만 바라보느라 모르고 있었는데, 어느새 주위는 십여 명의 사람에게 둘러싸여 있었다.

각기 수련을 하던 문도들은 두 사람이 종직대 앞에서 아무것도 하지 않고 반 시진이 넘게 있는 듯하자 호기심이 일었던 것이다.

"보면 모르시겠어요? 당연히 수련 중이지."

"이게?"

중인들은 화사평과 고덕현을 번갈아 쳐다보다가 헛웃음을 터뜨렸다.

"허, 원 농담도 잘하는구나. 이건 그냥 가만히 있는 거잖아."

"너 그동안 종직대를 어떻게 사용하는지도 잊어버렸나 보구나."

"못 믿겠으면 가만히 보세요. 그럼 자연히 알게 될 테니까!"

고덕현은 뿔이나 크게 소리쳤다.

그렇지 않아도 심란한데, 주위에서 떠들어대니 더욱 언짢아졌다.

그가 화가 난 이유는 간단했다.

화사평이 수련하는 모습을 보니, 지금까지 자신의 수련이 그야말로 수박 겉핥기 식이었다는 사실을 깨달은 것이다. 부끄러웠다.

나름대로는 열심히 했다 생각했건만 그건 어디까지나 자신만의 기준 안에서였다.

"허, 이 녀석이. 그래, 한번 지켜보지."

한 문도가 툭하니 내뱉고는 땅바닥에 털썩 앉았다.

그때부터 기이한 상황이 벌어졌다.

한 사람이 그러자 다른 문도들도 하나둘씩 그를 따라 앉더니 결국엔 화사평을 중심으로 십여 명의 문도가 빙 둘러앉게 되었다.

"누구지?"

"누군지도 몰라? 남평이 형이잖아."

"아! 그 망나······."

망나니라 말하려던 문도가 급히 자신의 입을 틀어막았다.

주위는 한동안 어수선했다. 그러나 어느 순간부터는 약속이라도 한 듯 잠잠해졌다.

어느새 해가 서편으로 기울고 날이 어둑어둑해졌다.

"나는 이만 가겠네."

나이가 제일 많아 보이는 이가 일어섰다.

"나도……."

"후우. 나도."

그 뒤를 따라 하나둘 자리를 뜨기 시작했다. 촌각 만에 화사평과 고덕현만이 남았다.

그런데 문도들은 자신들의 거처로 돌아간 게 아니었다.

"얏!"

"허업!"

요란한 기합 소리가 들려온다.

후홍! 쉬쉭!

저녁 공기를 가르는 검 소리가 다른 때보다 더욱 매섭다. 그들 모두는 다시 검을 뽑아 들고 수련을 시작했다.

표정은 한없이 진지했고 그들의 얼굴엔 피 끓는 열정이 가득 담겨 있었다.

그들도 보았다.

화사평의 검이 느릿하게 종직대를 가르고 떨어지는 모습을.

고덕현과 마찬가지였다.

처음엔 자신들의 수련법에 대한 회의가 들었으나 점차 그것은 열정으로 변했다.

이제 막 무공을 배우기 시작했던 그때의 초심으로 돌아간 것이다.

고덕현도 마음껏 검을 휘두르고 싶었다. 하지만 그에겐 화사평을 지켜볼 의무가 있었다.

잠시의 시간이 더 흐른 후, 드디어 화사평이 검을 거두었다. 종직대를 시작한 지 무려 세 시진 반이 지난 뒤였다.

"이제 끝난 건가요?"

화사평은 고개를 저었다.

"아니, 이제 올려치기를 해야 할 차례가 아닌가?"

"……."

"그리고 아직 횡직대는 시작도 안 했잖아."

그 말을 듣자 고덕현은 전신의 힘이 모조리 빠져나가는 기분이었다.

화사평은 그의 속마음을 읽고는 말했다.

"내가 너무 자네의 시간을 많이 뺏었지? 이제 어떻게 하는지 배웠으니, 나 혼자서도 할 수 있어. 그러니 자넨 자네 할 일을 하게."

"그래도 저녁은 드시고 하시지요."

"이상하게 배고프지 않군. 이게 너무 재미있어서 그런가 보네."

'재미있다고? 이게?'

고덕현은 혀를 내둘렀다. 보는 사람도 피가 마를 정도인데, 직접 검을 움직이고 있는 사람은 어떻겠는가?

"저, 그럼 먼저 식사하고 오겠습니다."

"내 걱정 말고 어서 가서 들게."

밤이 깊어 자리에 누운 고덕현은 완전히 지쳤음에도 쉽게 잠이 오지 않았다.

화사평의 멈춘 듯 움직이는 검이 머릿속에서 떠나지 않았다.

그는 대연무장에서 여느 때보다 더욱 열심히 검을 휘둘렀다.

그러면서도 가끔씩 화사평을 관찰했다.

화사평은 한시도 쉬지 않았다.

그가 끝마치기를 기다리며 수련하다 보니 녹초가 되고 말았다.

그리고 결국 화사평이 종직단 올려 베기를 끝마치고 횡직단 앞에 섰을 때에는 서 있을 힘조차 없게 되었다.

자신은 돌아왔지만 지금 이 시간에도 화사평은 검을 움직이고 있을 터였다.

"남평아."

"왜?"

화남평도 자지 않고 있었는지, 곧바로 대답했다.

"너희 형 말이다."

"......"

"괴물이다."

"뭔 헛소리야."

"절대로 사람이 아니야. 사람이라면 저럴 수 없어. 그리고 모르긴 몰라도 만약 너희 형이 제대로 무공을 익힌다면 그때는······."

"그때는 뭐?"

"뭔가 엄청난 일이 벌어질 것만 같아."

"실없는 소리 말고 잠이나 자."

화남평은 대수롭지 않게 말하고는 눈을 감았다.

하지만 그 역시 신경이 쓰였다.

'어리석어.'

형이 수련하는 모습을 직접 보았다.

검 한 번 휘두르는 데 무려 세 시진 반이 걸렸다.

대단하기는 하다. 그러나 지금 그런 수련을 하는 것은 하등 도움이 되지 않는다.

홍염방과의 싸움이 코앞이다. 차라리 아무 초식이나 하나를 그 시간 동안 전력을 다해 익히는 게 나을 것이다.

즉, 기초를 다지고 있을 시간 따위 없다는 이야기다.

게다가 오향 사람들은 비교적 티를 내지 않으려 했지만 충분히 알 수 있다.

그들은 모두 홍염방을 두려워하고 있다.

자신 역시 두렵다.

무려 열둘이나 힘도 쓰지 못하고 목숨을 잃었으니, 두렵지 않다면 거짓말이리라.

이럴 때 필요한 게 고수다.

문도들을 안심시킬 수 있을 만큼 뛰어난 고수.

그런데 고수는커녕 아무 도움도 안 되는 자가 들어왔으

니…….

화남평은 속으로 가느다란 한숨을 내쉬었다.

그렇게 밤이 깊어갔다.

"에엑!"

아침 일찍 연무장에 나온 고덕현은 괴성을 질렀다.

화사평이 그때까지도 검을 들고 있었던 것이다.

고덕현을 따라나온 화남평은 얼굴이 점차 굳어졌다.

"형님!"

고덕현이 후다닥 화사평에게 뛰어갔다.

"왔어?"

화사평은 도저히 밤을 새운 사람 같이 보이지 않았다. 목소리도 평안하기만 했다.

"너도 왔느냐?"

화사평이 화남평을 바라보며 빙긋 웃었다.

하지만 화남평은 웃지 않았다.

그는 신형을 돌려세우더니 그대로 연무장을 나가 버렸다.

"괜찮으십니까?"

"아직은 견딜 만하다."

"이제 그만하시는 게……."

"거의 다 끝났다. 시작했으니 마무리는 지어야지."

"얼마나 남았는데요?"

"세 시진."

"……."

그의 말대로 수련은 정확히 세시진 후 끝났다.

화사평이 수련을 마치고 연무장을 벗어나자, 그 즉시 한 사람이 뛰어왔다.

그는 칠향에 속하고 고덕현과는 동갑내기인 막추였다.

"웬일이야, 네가?"

막추는 힐끗 고덕현을 쳐다보고는 굳은 표정으로 검을 빼들었다.

"나도 하려고."

"설마 저 형님처럼?"

"그래. 난 어제 밤새도록 이곳에 있었다. 홍염방과의 싸움을 생각하니 잠도 오지 않고 더욱 수련을 해야 할 것만 같아서."

"근데 왜?"

"그러다가 저 사람을 보게 되었다. 그리고 새삼스럽게 잊고 있었던 사실을 깨달았다."

"뭔데 그게?"

"나는 지금까지 검법을 익히는 것에만 몰두한 나머지 기본을 잊고 있었던 거야. 그래서 지금부터는 조금씩이라도 검법을 연마하기 전에 이것을 할 참이다."

"……."

고덕현은 할 말이 없었다.

자신도 마찬가지였다.

홍염방에 대한 두려움과 긴장감이 요 며칠 내내 자신을 짓누르고 있었다.

아무리 천성이 쾌활하다지만 죽음이라는 두려움은 쉽게 이겨내기 힘든 것이었다.

무엇을 해야 좋을지조차 모를 정도로 갈팡질팡했다.

막추도 비슷했으리라.

하지만 그는 그걸 이겨내는 방법을 나름대로 찾았다.

화사평을 보고서.

아니, 정확히는 무공을 처음부터 익히는 마음가짐을 보면서.

이는 비단 막추만의 이야기가 아닌 듯했다.

눈을 별빛처럼 빛내며 종직대와 횡직대를 쳐다보는 이들이 주위에 몇 사람 더 있었던 것이다.

'저 사람들도……?'

고덕현은 말없이 종직대를 바라봤다.

'아무래도 몇 개 더 필요하겠구나.'

자신도 동참하려면 한 개로는 모자랐다.

第八章

의심(疑心)

"모두 모였으니 이제 얘기해 보거라."

당모충이 넌지시 당무엽을 바라봤다.

당무엽은 어젯밤과 오늘 아침에 걸쳐 홍염방을 탐색했다.

그리고 그 결과를 듣기 위해 화철삼과 당모충 등이 상평청에 모였다.

당무엽이 일행 중 나이가 적음에도 그런 중차대한 임무를 맡은 것은 당모충을 제외하고 무공이 가장 뛰어났기 때문이며, 이는 당모충이 그의 능력을 깊이 신뢰한다는 의미이기도 했다.

당무엽은 나이답지 않은 심각한 표정으로 입을 열었다.

"홍염방도의 숫자는 정확히 확인할 길이 없었습니다만 오십은 넘는 듯합니다."

"오십? 그렇게 적어?"

당모충이 의외라는 표정으로 물었다.

오십이라면 대읍을 평정하려는 방파치고는 너무 인원이 적었다.

"숫자도 중요하지만 그보다 그 오십이 어떤 무인들로 채워져 있느냐가 더 중요하겠지."

화철삼의 말에 당모충이 고개를 끄덕였다.

"물론이네. 그래도 백은 될 줄 알았는데 너무 적어서 말일세."

"방주가 누구인지는 알아냈는가?"

화철삼이 묻자 당무엽은 고개를 저었다.

"그건 알아내지 못했습니다. 하지만 이상하게도 그들은 하나의 방파라고 하기에 어딘지 모르게 따로 행동하는 듯한 느낌을 받았습니다."

"따로 행동한다?"

"네. 하루를 지켜봤습니다만 서로 왕래도 없었고, 대화를 나누는 모습도 극히 드물었습니다. 게다가 순찰을 도는 자도, 경계를 서는 자도 없었습니다. 덕분에 쉽게 잠입할 수 있었지요."

화철삼은 어이가 없으면서도 은근히 노화가 치밀었다.

경계를 하지 않는다는 것은 그만큼 자신이 있어서일까? 서월문이 우습게 보인 것일까?

그렇게 엉성한 홍염방에게 문도 열둘을 잃었다는 것이 가슴 아프고 애통했다.

화철삼이 조용하자 당모충이 대신 물었다.

"알 만한 자가 있더냐? 담사남처럼 말이다."

순간 당무엽의 표정이 더욱 심각해졌다.

"슬쩍 본 것에 불과하지만 마혈태자(魔血太子)로 보이는 자가 있었습니다."

"뭐?"

"마혈태자?"

당모충과 화철삼이 동시에 놀라 소리쳤다.

마혈태자는 담사남과 비교해 누가 위라 할 수 없을 만큼의 사파고수였다.

"그 외에도 마혈태자 정도의 기운을 풍기는 자가 셋이 더 있었습니다."

"허어."

당모충이 혀를 찼다.

담사남이 홍염방도임이 밝혀졌을 때 어느 정도 예상은 했었다. 그와 비슷한 수준의 고수들이 더 있지 않을까 하고 말이다.

그러나 막상 그런 자들이 넷이나 된다고 하니 마음이 무거워졌다.

"어떻게 생각하나?"

당모충의 물음에 화철삼은 잠시 생각에 잠겼다.

숫자는 적으나 홍염방에 뛰어난 고수가 많다는 사실은 부정할 수 없다.

당무엽이 홍염방주의 정체를 확인하지 못했다 했지만 아마도 그들 네 명 중 하나일 것이다.

지금 자신들에 있어서 최고수는 당모충이다. 그런 당모충도 마혈태자를 상대로 겨우 반 수 정도 위다. 즉, 그런 자 둘이 합공을 펼친다면 필패란 얘기다.

자신은 가까스로 마혈태자와 동수, 그것도 좋게 봐줘서다.

그런데 마혈태자 수준의 고수가 모두 넷이니 적어도 둘은 당문의 다섯 제자가 상대해 줘야만 한다.

그리고 나머지 인원을 서월문도들이 상대한다면 대충 동수를 유지할 수 있다.

문제는 그렇게 되면 홍염방을 물리친다 하더라도 서월문의 피해가 너무 크다는 데 있다.

또한 서월문도들이 나머지 홍염방도를 상대할 수 있을지도 실상 자신이 없었다.

화금장에 호위로 갔던 서월문도 열둘은 단 한 명의 홍염방도도 죽이지 못한 채 몰살당했다.

이를 보아 아무리 생각해도 힘으로는 역부족이다.

하지만 화금장에서 죽어간 이들에 대한 원혼은 기필코 달래 줘야만 했다. 그것이 문주로서의 도리이자 책임이었다.

"홍염방주를 만나봐야겠네."

고심 끝에 화철삼은 결정을 내렸다.

　　　　*　　　　*　　　　*

　화사평은 오향각에 돌아와 잠시 눈을 붙인 후 일어났다. 사실 하루 날 새운 정도의 수련으로는 그를 지치게 할 수 없었지만, 쉬는 모습도 보여야만 했다.

　그래도 그 시간은 한 시진을 넘지 않았다.

　"벌써 일어났는가?"

　여진방의 목소리였다.

　"충분히 잤습니다. 그런데 다른 사람들은……?"

　들어올 때만 해도 예닐곱 명이 쉬고 있던 오향각엔 여진방과 그밖에 없었다.

　"모두들 연무장에 있을 걸세."

　여진방이 대답했다.

　그 말에 화사평은 급히 일어났다.

　"죄송합니다. 제가 늦잠을 잤습니다."

　"자네가 날을 새워서 수련한 것을 알고 있네. 그러니 죄송할 필요 없지. 그보다 자네를 찾는 사람들이 있다네."

　"저를 말입니까?"

　"그렇네. 당문에서 온 손님들이 자네가 깨어나면 전해주라고 하더군."

　화사평은 오향각을 나와 당문 사람들이 묵고 있다는 객청을 향했다.

그가 안에 들어섰을 때는 삼남일녀가 탁자에 둘러앉아 이야기를 나누던 중이었다.

"아, 오셨구려."

당운정이 밝게 웃으며 일어났다.

"나를 찾으셨다 들었소."

"그렇소. 일단 앉으시오."

그는 마침 비어 있는 의자를 가리키며 다른 이들을 소개했다.

"이쪽은 당학 형님이시고, 그 옆엔 당무엽이라 하오."

화사평은 두 사람을 처음 보았다.

그는 가볍게 인사를 나누고 자리에 앉았다.

"한 분이 안 보이시는군요."

화사평의 말에 당운정이 씁쓸하게 말했다.

"은설이는 아직 거동할 정도가 못 되오."

화사평은 고개를 끄덕이고는 시선을 당이연에게 주었다. 그녀는 화사평을 뚫어져라 쳐다보고 있다가 시선이 마주치자 흠칫하고는 살짝 얼굴을 돌렸다.

화사평은 당이연의 반응이 사뭇 이상하다고 느꼈지만 대수롭지 않게 생각하고는 당운정에게 물었다.

"뭔가 하실 말씀이 있는 듯하오만."

"화 형을 보고 싶어하는 사람이 있어서 말이오."

그러면서 당무엽을 가리켰다.

삐걱.

순간 당무엽이 무슨 이유에서인지 의자에서 느릿하게 일어났다.

그의 눈은 가늘게 웃고 있었다.

"왜 그러느냐?"

예상치 못한 행동에 당학이 물었다.

하지만 당무엽은 대답하지 않았다. 그러면서도 시선을 화사평의 얼굴에 고정한 채 여전히 가는 미소를 짓고 있었다.

휙!

그러던 어느 순간, 당무엽의 신형이 벼락처럼 화사평의 뒤로 돌아갔다.

"엇!"

"어맛!"

"뭐 하는 거냐!"

당운정, 당이연, 그리고 당학이 동시에 놀라 소리쳤다.

하지만 이미 당무엽의 양손은 각기 화사평의 머리 위 백회혈과 왼팔의 완맥을 틀어잡고 있었다.

"형님들은 이상하지도 않습니까?"

"뭐가 말이냐?"

당학이 노한 음성으로 물었다.

"이 화금장의 대공자 말입니다. 만약 형님께서 담사남의 일장을 얻어맞았다면 어찌 되셨을 것 같습니까?"

순간 당학의 얼굴이 돌처럼 굳어졌다.

담사남은 독공과 장공으로 명성을 얻었다.

그의 일장에 정통으로 맞는다면 자신 역시 죽음을 면키 어려운 게 사실이었다.

당무엽은 당학의 표정에서 그가 무슨 생각을 하는지 읽고는 말을 이었다.

"이제 아셨습니까? 형님조차 그럴진대 무공을 익히지 않았다는 이 대공자가 그의 일장을 맞고 어찌 이렇게 멀쩡할 수가 있을까요? 하루도 되지 않아 걷고 식사까지 할 수 있으니 말입니다."

"괴인의 치료가 있었다지 않느냐?"

이번엔 당운정이 나섰다.

하지만 당무엽은 고개를 저었다.

"죽은 사람을 하루 만에 살려내는 치료법은 아직까지 들어본 적이 없습니다. 그리고 결정적으로!"

그의 시선이 다른 세 사람을 두루 향했다.

"어제와 오늘에 걸쳐 행했다는 그 괴이한 무공 수련. 형님들도 들어서 아시겠지요? 솔직히 말해봅시다. 형님들은 그게 가능합니까?"

화사평이 어떤 수련을 했는지 모두는 익히 알고 있었다.

하루에 걸쳐 검을 들고 가로 베기와 횡베기를 했다 들었다.

단순히 휘두르는 것이었다면 이곳에 있는 모든 사람은 당장에라도 할 수 있었다.

하지만 화사평이 했던 것과 같은 속도라면 이야기가 달라진다.

검을 그토록 느리게 움직이려면 고도의 집중력이 필요하다. 단 한 순간도 정신이 흐트러져서는 안 된다.

보통 사람이라면 일각이 아니라 반의반 각도 하지 못한다.

일반 무인이라면 일각 정도는 가능할 것이고, 뛰어난 무인이라 해도 두 시진을 넘기기 힘들다.

당학은 자신을 과대평가하지도, 그렇다고 과소평가하지도 않지만 세 시진이 한계란 생각이 들었다.

그런데 화사평은 어땠는가?

무려 열 시진이 넘었다.

"흐음……."

당학은 깊은 침음성을 삼켰다.

"형님들은 우리 같은 무인들의 습성을 잘 아실 겁니다. 웬만해선 무공을 익히지 않은 자와 깊은 우정을 쌓지 않는다는 사실 말입니다."

모두는 할 말이 없었다.

당무엽의 말이 맞았다. 무공이 높을수록 그런 부류의 사람들만 사귄다.

실제로 자신들도 마찬가지지 않은가?

"그런데 철독녹사 담사남을 어린아이처럼 다루는 절대고수가 무공도 모르는 화금장의 대공자와 그런 친분을 유지할 수 있으리라 생각하십니까? 해서 저는 확신합니다."

그는 화사평의 뒷머리를 노려보며 말을 이었다.

"이 사람은 분명 무공을 익혔습니다. 집을 나간 지 십 년 만에 돌아왔다 하는데 그 시간 동안 어디서 무엇을 했는지 아는 사람이 아무도 없지 않습니까. 십 년이면 긴 시간입니다. 그렇지……."

"당문 사람들은 모두 이런 식인가?"

갑자기 화사평이 당무엽의 말을 자르며 나직하니 입을 열었다.

그의 음성은 웅혼한 내력이 깃들어 있진 않았지만, 모두의 머릿속을 흔들기엔 충분했다.

순간 당이연은 가슴이 덜컥했다.

그가 하는 말이 무슨 뜻인지 정확히 아는 사람은 이 자리에서 그녀밖에 없었다.

이전에 자신이 하독했던 일을 일컫는 것이리라.

모두가 말을 잊고 있는 중에 당이연이 벌떡 일어서며 소리쳤다.

"그만둬!"

그녀는 당무엽을 무서운 눈으로 쏘아보았다.

"공자가 무공을 배웠으면 어떻고, 아니면 또 어떻다는 거야? 우리와 아무 상관 없잖아."

"누님! 누님께선 이자가 우릴 속인 게 분하지도 않습니까. 그 때문에 은설이가 다치지 않습니까. 이자의 실력은 적어도 담사남과 비슷할 겁니다. 그러니 정체를 숨기지만 않았어도 은설이가 다칠 일은 없었단 말입니다."

그제야 사람들은 당무엽이 갑자기 왜 이런 짓을 벌였는지 이해할 수 있었다.

당은설은 그의 친동생이었다.

하지만 이해는 할지언정 그 방법은 엄연히 잘못됐다.

"당 소저, 난 괜찮소. 핍박받는 데에는 나름 익숙하니 말이오."

"그, 그건……."

당이연이 화사평의 말뜻을 모를 리 없다.

한데 이상하게도 화사평의 안색은 평안했다.

그녀는 순간 정말로 화사평이 무공을 숨기고 있었던 게 아닐까 하는 의문이 들었다.

"무엽이라 했소? 그대는 원하는 걸 해도 좋소. 나는 저항하지 않을 테니."

"좋아!"

당무엽은 진기를 가득 북돋은 후, 양손을 통해 화사평의 몸속으로 주입시켰다.

'샅샅이 뒤져 숨겨진 내공을 찾아주마!'

당무엽은 이를 악물고 화사평의 전신을 살피기 시작했다. 단전은 물론이거니와 모든 대혈과 세맥까지 훑었다. 그러나…….

'이, 이게…….'

그의 표정이 점점 기이하게 변해갔다.

아무것도 없었다.

숨겨진 내공이 전신 어디에도 없었다. 그야말로 심공을 단한 번도 익히지 않은 범인 그대로였다.

그는 포기하지 않고 일각에 걸쳐 다시 한 번 훑었으나 결과는 마찬가지였다.

당무엽은 힘없이 화사평에게서 손을 뗴었다.

"이제 만족하시오?"

화사평의 말에 당무엽은 즉시 대답하지 않았다.

대신 자리로 돌아와 힘없이 포권을 취했다.

"내가 착각했소. 그대는… 무공을 익히지 않았소."

당이연은 털썩 자리에 앉았다.

그녀는 무척이나 긴장하고 있었다. 혹시나 당무엽의 말이 사실이 아닐까 하고. 만약 그렇다면 일은 복잡해진다.

하지만 다행히도 화사평은 무공을 숨기고 있지 않았던 것이다.

"무엽이는 동생을 생각하는 마음에 우를 저지른 것이니 넓은 아량으로 용서하시기 바라오."

당운정이 대신 사과하자 화사평은 엷게 웃었다.

"용서고 말고가 있겠소. 의심을 품게 한 나의 잘못도 있으니. 하지만 당 공자가 조금만 더 넓게 생각했더라면 하는 아쉬움은 있소."

"그게 무슨 말씀이시죠?"

당이연이 물었다.

화사평은 당이연을 한동안 똑바로 직시하다 조용하니 말을 이었다.

"은설 소저는 목숨을 잃진 않았잖소."

"……!"

순간 모두는 벼락이라도 맞은 듯 멈칫했다.

당은설이 중상을 입은 것 때문에 까맣게 잊어버리고 있었다. 서월문도 열둘이 참혹하게 죽은 사실을 말이다.

"만약 내가 당 공자의 말대로 무공을 익히고 있었다면, 서월문도들을 그리 내버려 뒀을 것 같소?"

또한 모두는 망각하고 있었다.

화사평의 입장에서 중요한 사람은 당은설이 아니라 서월문도라는 사실을.

화사평은 모두를 천천히 쓸어본 후 자리에서 일어섰다.

"그리고 한마디 더 하자면 그대들은 어떤 일에 있어서 정상에 올라서 본 적이 있소?"

갑작스런 화사평의 질문에 네 사람은 서로를 의아한 표정으로 쳐다봤다.

지금껏 자신들이 가장 많은 시간과 노력을 들인 것은 바로 무공 수련이다.

그가 지금 묻는 것이 무공의 정상에 섰는지를 뜻하는 것이라면 대답은 확실하다.

정상은커녕 자신의 위치가 어디쯤인지조차 추측키 힘들다.

"없소."

당운정이 대답했다.

"그렇소? 한데 나는 말이오, 무공은 아니지만 한 가지 일에 최고에 올라선 적이 있소."

"혹시 가면을……?"

일전에 그가 가면을 만드는 일이 싫어 가출했었다는 말을 들은 당이연이 슬며시 물었다.

"바로 보았소."

화사평은 크게 고개를 끄덕였다.

"자랑이랄 수도 있지만 나는 열둘의 나이에 그 누구보다도 가면을 섬세하게 만들 수 있었소. 그래서 하는 말이지만."

화사평은 네 사람을 한차례씩 바라보며 말을 이었다.

"나는 어제의 수련을 당신들이 왜 그리 대단케 생각하는지 오히려 알 수 없구려. 당연한 것인데 말이오."

그 말에 모두는 할 말을 잊었다.

천하제일의 고수가 말했다면 통감했을지도 모른다.

그러나 화사평은 이제 막 무공을 시작한 사람. 그런 그에게서 듣게 되니 머릿속이 잠시 멍해졌다.

하나 화사평은 그들의 반응엔 관심없다는 듯 자리에서 일어섰다.

"더 이상 용건이 없는 듯하니 이만 가보겠소."

"화 공자."

그가 막 문을 열고 나가려 할 때 뒤에서 당운정이 불렀다.

"우리는 서월문을 위해 힘을 다할 것이오. 그리고 오늘 일은 진심으로 사과드리오."

화사평은 예의 가벼운 미소를 지었다.

"그대들은 내게 사과할 만한 일을 하지 않았소. 오히려 내가 고마워해야 하지. 그대들은 서월문을 돕고 있지 않소."

그 말을 끝으로 화사평은 객청을 나왔다.

오향각으로 돌아가는 길. 화사평은 오히려 다행이란 생각이 들었다.

그들을 미워하지 않는다는 말은 진심이다. 당무엽의 거친 행동도 충분히 이해한다.

하나를 중히 여기면 나머지 것들에 대한 관심은 그만큼 흐려지게 마련이다.

솔직히 당문의 입장에서 서월문이 멸문하면 어떻고, 아니면 또 어떻겠는가?

그런데 방금 전 일로 인해 그들은 더욱 서월문의 일에 힘을 기울일 수밖에 없게 되었다.

'고맙게 됐군, 당무엽.'

거기다 예기치 못하게 알게 된 또 한 가지 사실이 화사평을 안심시켰다.

바로 당무엽의 무공 수위다.

당무엽은 화사평의 몸에 진기를 주입하면서 두 가지 실수를 저질렀다.

하나는 처음부터 화사평의 무공 수위를 담사남 정도로 제한했다는 점이다.

설마 하니 담사남을 죽인 괴인이 화사평 본인일 거라고는 꿈에도 생각지 못했다.

그랬기에 주저하지 않고 진기를 찔러 넣었다.

자신 정도면 충분히 화사평의 숨겨진 진기를 파악할 수 있으리라 본 것이다.

하지만 화사평은 당무엽에게 진기를 들킬 정도로 약하지 않았다. 오히려 그 순간 화사평은 당무엽의 손을 통해 자신의 진기를 침투시켰다.

그것은 그의 전신을 모조리 휘돌았지만 당무엽은 눈치채지 못했고, 그렇게 본신 내공을 모조리 화사평에게 알려준 꼴이 되었다.

그것이 두 번째 실수다.

그런데 의외로 당무엽은 담사남보다 뛰어난 내공을 소유하고 있었다.

과연 당문의 종손이었다.

그 사실이 화사평을 안심시켰다.

서월문에는 고수가 적다.

지금은 안타깝게도 당문의 힘이 절대적으로 필요한 시기였다. 당무엽의 숨겨진 실력은 이에 많은 도움이 될 터였다.

오향각에 돌아온 화사평은 한 가지 소식을 들었다. 문주가 홍염방주와 담판을 짓기로 결정하고 오늘 저녁 홍염방을 방문할 예정이라는 것이다.

화사평은 그 길로 화철삼을 찾아갔다.

그는 자신도 동행하길 청했으나 화철삼은 단호히 거절했다. 위험하다는 이유였다.

이에 화사평은 불만을 표하지 않고 물러났다.

그렇다고 해서 홍염방의 방문을 포기한 건 아니었다.

그에겐 그 나름대로의 또 다른 방법이 있었다.

*   *   *

어둑어둑한 공간.

각양각색의 아홉 사람이 시립해 있었다.

그들의 시선은 공간을 가로막고 있는 주렴을 향해 있었는데, 주렴 너머로는 거대한 의자에 앉아 있는 사람의 모습이 어렴풋하게 투영되고 있었다.

사위가 조용한 가운데 주렴 안에서 나직하면서도 묵직한 음성이 흘러나왔다.

"통천삼세가 두려운가?"

그러자 즉시 아홉 사람의 입에서 유사한 말들이 튀어나왔다.

"그럴 리 있겠습니까."

"절대 아니지요."

주렴 안의 인물은 조용히 고개를 끄덕였다.

"천하는 통천삼세만의 것이 아니다. 그들은 곧 우리를 다시 생각하게 될 것이야. 그럼 보고하라."

그의 명이 떨어지자 아홉 사람이 차례로 말했다.

그들은 감숙, 사천, 섬서 지역의 강호 현황과 일의 진척 정도에 대해 설명했는데 어느 문파를 멸하고, 어느 문파를 끌여들였는지에 대한 내용이 주를 이뤘다.

아홉 사람이 모두 보고를 마치고 나자 주렴 안의 인물이 예의 나직한 음성으로 입을 열었다.

"구사(九邪)."

"하명하십시오."

제일 마지막으로 보고했던 사람이 대답했다.

"그대는 제일 마지막으로 사(邪)의 직위를 받았다. 그만큼 나의 기대가 크다는 사실을 알고 있겠지?"

"물론입니다, 총주(總主)."

"가장 먼저 훌륭한 성과를 보이길 기대하겠다."

"염려 놓으십시오."

"그래."

주렴 안의 인물은 크게 고개를 끄덕이고는 자리에서 일어섰다.

"석 달 후에 다시 보지."

그 말과 함께 주렴 너머는 어둠으로 물들었다.

*   *   *

"가만히 있지 왜 여긴 찾아오고 지랄이야. 확 다 죽여 버릴까 보다."

키 작은 사내가 주먹을 허공에다 휘저었다.

그는 불만이 쌓일 대로 쌓인 상태였다.

낮에 서월문으로부터 방문하겠다는 전갈이 왔다. 생각 같아서는 오지 말라 하고 싶었지만, 체면상 그러지도 못했다.

이때까지만 해도 그럭저럭 괜찮았다. 자신 외에도 그들을 맞이할 사람이 셋이나 더 있었기 때문이다.

그런데 그 셋이 작당을 했는지 자신을 지목했다. 삼 대 일의 상황에서 못한다고 버틸 수도 없었다. 못한다고 하면 그놈들이 뭔 짓을 할지 몰랐다.

그래서 그러마 하고 승낙했다.

'그런데 이 썩을 놈들이!'

짐을 맡겼으면 최소한 옆에서 자리는 지켜줘야 할 게 아닌가?

그놈들은 그런 것도 없었다.

휑하니 자신만을 남겨놓고 사라져 버렸다. 의리라고는 눈곱만큼도 없는 놈들이다.

"서월문주가 왔습니다."

"왔으면 들어오라고 그래!"

그는 수하에게 빽 하니 소리치고는 털썩 의자에 주저앉았다.

이윽고 대청 문이 열리고 세 사람이 들어왔다.

그들은 화철삼, 당모충, 그리고 당무엽이었다.

화철삼은 의자에 몸을 파묻듯이 앉아 있는 인물이 말로만 듣던 마혈태자임을 한눈에 알아봤다.

마혈태자는 마치 어린아이처럼 작았다.

하지만 그의 손속은 결코 어린아이의 그것이 아니다. 하는 일마다 피를 부르고 다닌다 하여 마혈태자라 불리는 인물이었으니 말이다.

화철삼은 주위를 둘러보고 조금 의아한 생각이 들었다.

너른 대청에는 오직 마혈태자만이 있을 뿐 그와 비슷한 실력으로 보인다는 다른 사람들은 보이지 않았다.

"늦은 밤 예까지 찾아오느라 욕들 봤소."

마혈태자는 일어나지도 않은 채 말하며 앞쪽의 의자를 가리켰다.

당모충의 눈썹이 한차례 꿈틀거렸다.

"대단한 기개시군."

당모충은 심히 언짢은 듯 목소리에는 그의 노기가 묻어 나왔다.

그러나 마혈태자는 전혀 뜻밖의 것을 물어왔다.

"댁이 서월문주요?"

"⋯⋯?"

화철삼 일행은 잠시지간 멍해졌다.

홍염방을 대표하는 자가 당모충과 서월문주도 구별하지 못한단 말인가?

"내가 서월문주요."

"아하, 당신이었군"

"마혈태자, 당신이 홍염방주가 아니오?"

"당연히 아니지."

마혈태자는 시큰둥하니 대답했다.

그의 태도는 눈앞의 세 사람에게 전혀 관심이 없다는 투였다.

"나를 모르나?"

당모충이 나서자 마혈태자는 그를 힐끗 쳐다보더니 툭하니 물었다.

"뉘슈?"

"당모충."

"당모충? 어디 보자, 당모충이라……. 어디서 들어봤는데……."

그는 조그마한 손가락을 몇 번 꼼지락거리더니 갑자기 안색이 변했다.

"팔조비도?"

"내가 그 팔조비도지."

당모충이 태연하게 대답하자 마혈태자의 얼굴이 와락 구겨졌다.

'이런 개새끼들이……!'

마혈태자는 욕지기가 치밀었다.

어쩐지 뭔가 이상했다.

당모충이라면 죽음을 불사해야만 하는 고수다. 그런데 당모충이 서월문에 있는지조차 몰랐다.

사실 자신은 아는 게 아무것도 없었다. 관심도 없었다.

조그만 지방의 문파 하나 없애는 데 자신이 나설 이유가 없다 생각했다.

주는 밥이나 먹고 배 두드리고 놀고 있으면 어느새 끝나 있을 거라 믿었다.

그랬는데 난데없이 팔조비도라니, 날벼락이 따로 없었다.

하지만 어이없는 것으로 따지자면 화철삼이 더했다.

"방주는 어디 있소? 나는 방주를 만나러 왔지, 당신을 만나러 온 게 아니오."

"그럼 돌아가 버려. 방주는 며칠 뒤에 올 테니까 그때 다시 찾아오든지!"

부아가 치민 마혈태자가 버럭 소릴 질렀다.

당모충은 그를 한심하다는 눈으로 바라보다 화철삼의 어깨를 두드렸다.

"돌아가세. 이들은 우리와 진지하게 할 이야기가 없는 듯하네."

"숙부님 말씀이 맞습니다. 저자는 여기서도 버리는 패가 분명합니다."

당무엽도 거들었다.

"뭐야, 이 어린놈의 새끼가!"

쉬이익!

갑자기 커다란 노호성과 함께 마혈태자의 신형이 번개처럼 당무엽을 노리고 쏘아져 왔다.

새파랗게 어린 당무엽의 비꼬는 말은 그의 이성을 빼앗기에 충분했다.

마혈태자는 원래부터 다혈질이었기에 한 번 이성을 잃어버리자 주위에 당모충이 있다는 사실마저 망각하고는 그의 성명절기인 혈마장 공력을 가득 끌어올린 채 신형을 날린 것이었다.

그의 오른손은 피처럼 새빨갰다.

단 일 장에 당무엽을 쳐죽일 셈이었다.

"흥!"

하나, 당무엽 곁에는 당모충이 있었다.

팟!

그의 좌수가 벼락처럼 허공을 타격했고 그와 동시에 서늘한 빛을 부리는 비도가 쏜살같이 날아갔다.

마혈태자는 자신의 정수리를 노리고 쏘아져 오는 비도를 보고 인상을 와락 구겼다.

상대는 팔조비도다.

화가 난 나머지 신형을 너무 높게 솟구쳤다.

머리를 비튼다면 한 번은 피할 수 있다.

하지만 그 뒤에 날아올 비도엔 속수무책이다. 거기다 너무 급하게 공력을 끌어올린 탓에 연이어 혈마장을 펼칠 수도 없었다.

"썅!"

땅!

경쾌한 소리와 함께 마혈태자가 비도를 후려쳤다.

퍼퍽.

튕겨 나간 비도는 대청 깊숙이 틀어박혔고, 그사이 마혈태자는 땅에 내려섰다.

그는 땅에 내려서자마자 피가 배어 나오는 손은 거들떠보지도 않고, 당모충에게 욕을 퍼부었다.

"왜 네가 나서고 지랄이야!"

"마혈태자란 별호가 부끄럽지도 않나?"

"원래 그러라고 붙은 별호다!"

마혈태자는 지지 않고 소리쳤다.

그는 연신 씩씩대는 것이 방금 전의 허탕으로 인해 더욱 화가 솟은 듯했다.

하지만 덕분에 제정신이 돌아와서 아까와 달리 선불리 공격하지 않았다.

실상 그로선 당모충 하나만도 버거운 게 사실이었다.

화철삼이 고개를 흔들며 신형을 돌려세웠다.

"자네 말대로 홍염방은 우리와 대화를 나눌 생각이 없나 보네. 그만 돌아가세."

원래 그는 화금장을 습격한 홍염방의 파렴치한 행동을 질타하고 한 가지 제의를 하려고 했다.

강호 문파로서 떳떳이 겨루는 것, 즉 전통적인 강호의 방식인 정정당당한 힘과 힘의 대결을 제의하려 했었다.

그러나 화철삼은 이 시간부로 그런 생각을 접었다.

마혈태자를 내놓은 것은 협상이 없다는 뜻과 같으리라.

화철삼이 대청을 벗어나자 당모충과 당무엽은 마혈태자를 한심하단 눈초리로 한차례 쓸어보고는 그 뒤를 따랐다.

그렇게 세 사람이 사라지고 난 후, 마혈태자는 똥 씹은 표정으로 의자에 털썩 주저앉았다.

"이 개자식들을……!"

그는 자신을 이 자리에 몰아세운 세 사람에 대해 분노가 솟구쳤다. 하지만 화난 기분을 풀 수 있는 방법이 그에겐 없었다.

"으아아아!"

마혈태자의 고함 소리가 대청 밖까지 길게 울려 퍼졌다.

마혈태자의 괴성에 흔들리는 대청, 그 지붕 위에는 놀랍게도 한 사람이 서 있었다.

흑포에 호면귀를 쓰고 있는 괴인, 바로 화사평이었다.

화사평은 전신을 훤히 드러내고 있었지만 그의 존재를 눈치채는 사람은 아무도 없었다.

흑천무(黑天霧).

흑천무는 무공이다. 그것도 살수들에 있어서는 최고의 절기라 칭해지는 절공이다.

강호에는 귀식대법이란 게 있다.

살수들이 자신의 기척을 감추기 위해 사용하는 무공이다.

귀식대법에도 여러 종류가 있지만 가장 하위의 것은 기척을 감추는 대신 시전자의 몸과 정신을 잠들게 한다.

이는 단순히 들키지 않고 숨어 있게 도와줄 뿐 정작 암습을 가할 시에는 귀식대법을 풀고 정신을 차려야만 한다.

때문에 귀식대법을 시전할 시에 미리 깨어날 시간을 정해줘야만 한다.

만약 적시에 깨어나지 못하면 살수를 펼칠 기회를 잃게 된다.

조금 더 발전한 귀식대법은 몸은 움직이지 못하지만 정신과 오감을 깨어 있게 한다.

듣고 볼 수 있으므로 암습에 적절한 때를 스스로 결정할 수 있는 묘용이 있다.

더욱 발전하면 귀식대법을 펼친 채 몸을 움직일 수도 있다.

하지만 이도 완벽하진 못하다.

몸을 움직일 순 있지만 암습을 펼치는 그 순간의 살기를 완벽히 감출 수도, 기척을 완전히 숨길 수도 없다.

하지만 이 모든 걸 가능케 하는 절기가 있었으니 그것이 바로 흑천무다.

전신 모공을 통해 뭉클거리며 뿜어져 나온 흑천무는 시전자를 주위의 풍경과 완벽히 동화시켜 준다.

소리를 없애고, 기척도 지운다.

바로 옆에서 짙은 살기를 드러낸 채 칼을 들이대도 표적은 알지 못한다.

자신의 목이 떨어지는 줄도 모르고 평상시와 다름없이 행동하다 순식간에 고혼이 되고 만다.

화사평은 세 사람이 서월문을 벗어나자마자 뒤따랐고, 흑천무를 펼쳐 홍염방에 잠입했다.

그는 그들이 나눈 대화만으로 대청 안의 상황을 환히 꿰뚫어봤다.

그의 생각 역시 화철삼과 다르지 않았다.

마혈태자는 홍염방에서 아무런 힘도 없는 자였다.

하지만 실망한 채 돌아간 화철삼과 달리 그에겐 할 일이 남아 있었다.

스읏.

그의 신형이 둥실 허공으로 떠올랐다. 그리고 미음조차 흘리지 않고 수평으로 이십여 장을 날아갔다.

마치 바람에 떠밀려 흘러가는 구름과 같은 움직임이었다.

풍화현사(風火玄死)라는 신법이었다.

등평도수(登平渡水), 답설무혼(踏雪無痕)과는 비교할 수조차 없다.

부신약영(浮身躍影), 능공허도(陵空虛途)마저 넘어서는 경지다. 풍화현사는 진기의 조절만으로 신형을 움직이기 때문이다.

화사평은 몇 개의 건물을 지나 고풍스런 전각 지붕 위에 달빛처럼 내려섰다.

그곳은 홍염방에서 가장 강한 공력을 가진 세 사람이 모여 있는 전각이었다.

화사평은 지붕 위에 오연히 서서 안에서 이뤄지는 대화에 귀를 기울였다.

"그놈이 발작이나 하지 않았나 모르겠소."

"그러면야 금상첨화 아니겠나?"

"하하하! 맞는 말이오. 팔조비도를 상대로 성질을 드러낸다면 우리에겐 좋은 결과만 있을 테니까. 적어도 둘 중 한 놈은 죽지 않겠소?"

"누가 죽든 우리로선 기꺼운 일이지."

그들은 서로 주거니 받거니 하면서 마혈태자에 대한 험담을 늘어놓고 있었다.

화사평은 목소리만으로 그들이 누군가까지는 알 수 없었다. 하지만 여기까지 온 이상 그들의 정체를 확인하는 게 필요했다.

화사평은 커다란 기왓장에 장심을 갖다 댔다.

스스스슷.

기와가 점차 부서져 나갔다. 마치 맷돌에 넣고 가는 듯 가루로 변한 기왓장이 바람에 흩날렸다.

그렇게 서너 개의 기왓장이 사라지자 나무 틈사이로 내부의 광경이 들어왔다.

안에는 세 사람이 탁자를 마주한 채 앉아 있었다.

한 사람은 매우 우람한 근육에 덩치가 컸으며, 또 다른 자는 백발이 성성한 늙은이였다.

그리고 나머지 하나는 중후한 인상을 풍기는 중년인이었는데, 그리 덥지 않은 날씨에도 불구하고 부채를 연신 저어대며 웃고 있었다.

'동산웅묘(動山熊猫), 외자옹(畏資翁), 그리고 소요한시(逍遙寒豺).'

화사평은 한눈에 그들의 정체를 파악했다.

모두 사파의 내로라하는 고수들이었다. 예상대로 홍염방은 사파 집단이었던 것이다.

문득 화사평은 의문이 들었다.

이들 세 사람은 모두 사천에서 활동하는 무인들이 아니었다.

게다가 각자의 영역이 있어 그곳을 쉽게 떠나지도 않았다.

한데 어떻게 사천, 그것도 그다지 크다 할 수 없는 대읍에 모여 있는가? 그리고 왜 이곳에 뿌리를 내리려 하는가?

석연치 않은 기운이 풍겼다.

동산웅묘와 소요한시만 해도 마혈태자보다 강하고, 외자옹은 그보다 한 수 윗길의 고수다.

그런데 이들 중 가장 강한 외자옹도 방주로는 보이지 않았다. 결국 이들을 이끄는 홍염방주는 아직 드러나지 않았다. 대체 얼마만한 고수이기에 이런 자들을 이끌 수 있을까?

당무엽은 잘못 판단했다.

마혈태자와 비슷한 수준의 고수가 셋이라 했지만 형편없이 틀렸다.

이유는 간단했다.

마혈태자는 항상 기를 개방하고 다닌다. 그것은 그의 성격에서 기인한다.

반면 이들 셋은 기세를 감춘다. 아니, 이들 셋뿐만이 아니고 대부분의 무인이라면 자신의 실력을 일정 부분 드러내지 않는다.

그 점을 당무엽은 간과했던 것이다.

덕분에 화철삼은 홍염방의 수뇌들과의 싸움에서 동수를 예상했다.

하지만 화사평의 생각은 달랐다.

필패다.

이대로 있으면 서월문은 멸문을 면치 못한다.

그가 보기에 이곳에 있는 일반 방도들은 이들 세 사람의 개인적인 수하들이었고, 실력 또한 서월문도에 비해 월등히 높았다.

단순히 숫자만 우세해서는 승리할 수 없는 게 강호였다.

'조금 이르긴 하지만⋯⋯.'

화사평의 신형이 바람처럼 사라졌다.

第九章
이화상첩(二華相沾)

사경(四更:새벽 두 시~새벽 네 시)이 넘은 늦은 밤, 화철삼은 쉽게 잠을 이루지 못하고 있었다.

죽어간 문도들의 한을 갚아야 한다는 막중한 책임이 그를 짓눌렀다.

겉으로는 의연하게 행동했지만, 홍염방의 오만한 태도는 불길하기만 했다.

강호는 힘이 지배한다.

홍염방이 안하무인격으로 행동을 한 데에는 그만한 자신감이 있어서다.

그 점이 계속해서 마음에 걸렸다. 자신이 모르는 또 다른 뭔가가 있을 거라는 근심이 가슴을 옥죄었다.

부스럭.

화철삼은 몸을 뒤척였다.

그러다 갑자기 빙석처럼 얼어버렸다.

머리카락이 송두리째 곤두서고 머릿속이 하얗게 비었다.

'살기!'

침상 바로 옆, 한 자도 되지 않는 거리에서 무서운 살기가 쏟아져 나오고 있었다.

그것도 보통 살기가 아니었다.

오감을 마비시키고 혼마저 빼앗아갈 정도로 강력한 살기, 강호에서 십수 번이나 죽음의 위기를 겪은 그로서도 처음 접해보는 무시무시한 살기였다.

그는 살기만으로 사람을 죽일 수 있다는 말이 결코 허언이 아님을 이 순간 뼈저리게 실감하고 있었다.

"둔하진 않군."

살기가 쏟아져 나온 방향에서 거칠고 탁한 목소리가 흘러나왔다. 그와 동시에 살을 저리게 하던 살기가 거짓말처럼 사라졌다.

화철삼은 잔뜩 긴장해 전신 공력을 모조리 끌어올리고서 눈을 떴다.

"헛!"

그리고 부지불식간에 소리치며 상체를 벌떡 일으켰다.

창문으로 스며든 어슴푸레한 달빛에 드러난 목소리의 주인은 칠흑처럼 어두운 흑포를 걸치고 괴상한 모양의 가면을 쓰고 있었다.

"당신……!"

화철삼은 단번에 그가 화금장을 도운 신비의 괴인임을 알아
보았다.

"조용."

괴인이 나직이 말했다.

화철삼은 그의 말대로 입을 꾹 다물었다.

목으로 마른침이 넘어갔다.

상대는 조카의 친우라 했다. 그럼에도 말을 놓을 수도, 항거
할 수도 없었다.

당운정에게 들은 괴인은 초절의 무공을 지녔다.

강호의 배분이란 기이하여 무공의 고하가 곧 신분의 존비를
결정하기도 했다.

사실 화철삼은 괴인의 나이도 몰랐다.

화사평을 친우로 삼았다 하여 괴인이 그와 비슷한 연배일
거라고 예상하는 것은 그야말로 어리석은 추측이다. 강호에서
는 수십 년의 나이 차를 극복하고 친구가 되는 일이 비일비재
하지 않은가?

"서월문주 화철삼, 맞나?"

화철삼은 말없이 고개를 끄덕였다.

"문도들에게 이것을 익히게 하라."

괴인이 얇은 책자를 화철삼 앞에 던졌다.

"이게 무엇이오?"

얼떨결에 책자를 받아 든 화철삼이 어리둥절하여 물었다.

"서월문의 무공이다."

"……?"

화철삼은 더욱 알 수 없다는 듯이 괴인을 쳐다보았다.

자신이 서월문주인데 서월문의 무공 비급이라니.

하나, 괴인은 설명해 주지 않았다. 대신 타는 듯한 눈으로 그를 내려다보고 있었다.

'아!'

그 눈을 보는 순간 화철삼은 퍼뜩 깨달았다.

괴인이 뜻하는 바가 무엇인지 알 수 있었다.

서월문의 무공이라는 말은 곧 책자에 적힌 무공을 서월문도에게 익히게 하되 무공의 연원을 비밀로 하라는 말이 아니겠는가.

화철삼은 고개를 주억거리며 손에 든 책자를 내려다봤다.

무공 명이라도 확인하려던 것이었지만 겉면에는 아무것도 쓰여 있지 않았다.

"이게 어떤……?"

화철삼은 괴인에게 물으려 고개를 들다가 흠칫 몸을 떨었다.

어느새 괴인은 자취를 감추었고 그가 서 있던 자리는 달빛으로 채워져 있었다.

"흐음."

화철삼은 안타까움에 조그만 한숨을 내쉬었다.

괴인과의 만남은 그가 무척이나 바라던 바였다. 할 말은 많았다. 하지만 결국 단 몇 마디를 들은 것으로 만족해야만 했다.

그는 침상에서 일어나 불을 밝히고는 첫 장을 넘겼다.

진정하려 애썼지만 가슴이 두근거리는 것만큼은 어떻게 할 수 없었다. 괴인의 실력을 생각한다면 결코 예사의 무공이 아닐 것이다.

어떤 절공을 준 것인지, 이를 확인하는 화철삼은 또다시 침이 말라갔다.

'이것……!'

그의 눈에 이채가 서렸다.

그는 급히 뒤쪽까지 주르륵 살폈다. 책자는 열 장뿐이라 마지막 장을 덮는 데까진 많은 시간이 필요치 않았다.

비급을 읽고 난 화철삼은 놀라움을 감추지 못했다.

책자에 담긴 무공은 간단한 연수합격술이었다. 두 사람이 한 사람을 상대하는 이인합격술, 그것이 책자에 담긴 모든 것이었다.

이치도 비교적 간단했고, 이해하고 펼치기도 쉬웠다. 그러나 효능만큼은 비할 수 없이 뛰어났다.

지금의 서월문 입장에서는 가장 필요한 무공이었다.

두 명이 한 사람을 상대할 때 적절한 규칙이 없다면 한 사람 반 정도의 효과밖에 보지 못한다.

이는 한 사람의 공격 범위를 합공하는 또 다른 사람이 침범

하기 때문이다.

이를 해결하기 위해서는 두 사람 간의 약속이 있어야 한다.

하지만 서월문에는 그런 게 없었다. 체계적인 교육도 없었다.

왜냐하면 화철삼 본인이 모르기 때문이다.

문주가 모르니 제자들도 당연 모른다.

한데 괴인이 준 무공은 단 두 명의 합격으로 세 배에서 네 배의 효과를 낼 수 있었으니, 지금의 상황에선 더없이 소중한 절공이라 할 수 있었다.

"흐음……."

가볍게 숨을 내쉬어 심기를 다스린 화철삼은 다시 책자를 폈다.

제자들을 가르치기 위해선 자신이 먼저 알아야 되지 않겠는가?

        *   *   *

간밤에 만든 비급을 화철삼에게 전해준 화사평은 한시름 던 기분이었다.

그것은 이미 멸문해 버린 강호문파, 극진문(極陳門)의 무공 중 하나였다. 화사평이 이십 년 전에 사라진 극진문의 무공을 알고 있는 이유는 그의 사부가 극진문을 멸문시킨 장본인이기 때문이다.

극진문은 진법에 능했으나 강호에 잘 알려진 문파는 아니었다. 문도 수도 서른에 불과했고, 심산유곡에 자리 잡고 있어 외부와의 왕래도 없었다.

그런 극진문이 마혼방음진(魔魂方陰陣)을 익히기 시작했다.

마혼방음진은 네 명이 펼치며 상대의 정신과 육체를 제압하고 조종하는 공능을 가지고 있어 이미 오래전부터 강호에서 금지된 진법이었다.

우연찮게 그 사실을 알게 된 화사평의 사부는 극진문을 멸했다.

극진문은 여러 가지 진법에 능했는데, 특히 두 명이서 펼치는 이인검진에 독보적인 경지에 이르렀었다.

화철삼에게 넘긴 검진이 바로 그중 하나로, 이름은 이화상첨(二華相沾)이었다.

이화상첨은 극진문의 이인검진 중 가장 익히기가 쉽고 효과 또한 컸다.

때문에 지금처럼 무공을 속성으로 익혀야 할 때 그보다 더 적합한 무공은 없었다.

물론 화사평 자신이 일선에 나선다면 지금의 위기 정도는 쉽게 벗어날 수 있다.

하지만 그러고 싶지 않았다.

어디까지 서월문 스스로 어엿한 강호의 문파가 되어야 했다.

그러기 위해선 힘을 길러야 하는데 그 힘은 문도들 전체가 매두몰신해야 하는 것이지, 한두 명만의 고수로 유지되는 것이 아니었다.

해가 뜨자 화사평과 고덕현은 연무장에 나왔다.

서월검법의 형(形)을 배우기 위해서였다.

연무장에는 홍염방과 싸움을 대비해 많은 사람들이 수련을 하고 있어 둘은 방해받지 않을 만한 구석진 곳에 자리를 잡았다.

"잘 보세요."

고덕현은 검을 곧추세우고 숨을 몇 차례 가다듬더니 번개처럼 삼 보를 내딛으며 세 번 검을 휘둘렀다.

휘휘휙!

검광이 번뜩이며 세찬 바람 소리가 이는 모습이 꽤나 멋스러웠다.

"이게 첫 번째 초식입니다. 이번엔 조금 느리게 할게요."

고덕현의 검이 다시 허공을 갈랐다.

처음보다는 확실히 느렸다. 그에 따라 검의 움직임이 하나하나 세세하게 드러났다.

고덕현은 그렇게 두 번을 연이어 펼쳐 보인 후 빙그레 웃었다.

"어떻습니까? 할 수 있으시겠습니까?"

고덕현의 음성엔 자신이 펼친 일초식에 꽤나 만족한 듯 자신감이 배어 있었다.

한데 화사평은 말이 없었다.

그는 내심 고심하고 있었다, 어떻게 말해야 좋을지를.

이윽고 한참 만에야 그가 입을 열었다.

"검이 모두 세 번 움직였는데, 각기 어디를 베는 것인가?"

"처음엔 무릎 위 혈해혈이고, 두 번째는 가슴 아래의 기문, 그리고 마지막이 견정입니다."

고덕현은 한 치의 막힘없이 술술 대답했다.

수천 번을 넘게 펼쳐 본 초식인지라 화사평의 질문은 질문 축에도 들지 못하는 것이었다.

하지만 화사평의 이어지는 말은 뜻밖의 것이었다.

"나는 이해할 수 없네."

"어, 어떤 점이 말입니까?"

"그전에 하나 더 묻겠네. 방금 전 상대의 키는 얼마 정도로 가정하고 펼친 것인가?"

"……."

고덕현은 쉽게 말하지 못하고 커다란 두 눈을 끔벅였다.

상대의 키가 얼마나 되는지가 뭐가 그리 중요하단 말인가?

고덕현이 일시지간 대답하지 못하자 화사평이 다시 물었다.

"막연한 내 생각이지만, 자네는 자네와 비슷한 키의 사람을 상대로 검법을 펼친 게 아닌가 싶은데. 맞나?"

고덕현은 부지불식간에 고개를 끄덕였다.

딱히 키가 큰 사람이나 작은 사람을 가정하고 검법을 펼친 적은 없었다.

화사평의 말을 듣고 보니 자신은 항상 자신과 비슷한 체형의 사람을 앞에 두고 검을 펼친 듯했다.

"그렇다면 자네의 검은 이상하게 움직였네."

고덕현의 안색이 가볍게 변했다.

"어느 점이 그랬습니까?"

그는 약간 기분이 상한 듯 말투가 딱딱했고 얼굴도 사뭇 붉어져 있었다.

화사평은 담담한 눈길로 그를 바라본 후 검을 뽑았다.

그리고 검첨으로 고덕현의 무릎을 가리키며 말을 이었다.

"한 초식을 세 번 펼쳤으니 자네의 검은 모두 아홉 번 움직였네. 그중 첫 번째는 분명 혈해혈을 베었지. 그런데 내가 아는 혈도의 위치가 잘못된 게 아니라면 두 번째 검 놀림은 기문에서 반 치 정도 위를 지났고, 다시 세 번째는 견정을 베었어."

화사평과 고덕현의 시선이 서로 마주쳤다.

고덕현의 눈에는 은은한 놀람의 빛이 떠올라 있었다.

분명 반 치라고 했다.

첫 번째 초식은 제대로 된 속도로 보여준 것인데, 그럼에도 반 치의 차이를 보았단 말인가?

"네 번째도 역시 혈해혈을 베었네. 그런데 이번엔 첫 번째 초식을 펼쳤을 때완 반대로 여섯 번째 검이 견정에서 한 치 위의 허공을 베었어. 기문은 제대로 베어냈는데도 말이야. 그리고 마지막으로 펼친 초식은……."

"마지막 초식은 어땠습니까?"

고덕현이 급히 물었다.

"만약 자네와 비슷한 키의 사람이 상대였다면 세 혈도 중 어느 곳도 베지 못했을 거야."

"……"

"하지만 만약 상대가 나처럼 자네보다 한 뼘 정도 키가 컸다면 혈해를 제외한 기문과 견정혈은 베어졌을 거야. 그래서 상대의 키를 어느 정도로 가정하냐고 처음에 물은 거라네."

화사평의 설명을 들은 고덕현은 잠시지간 벙어리가 된 듯 조용했다.

이처럼 세세하게 상대를 가정하고 펼쳤던 적이 없기에 화사평의 지적이 당황스럽기도 했다.

"그런데……."

한참 만에야 고덕현이 다시 입을 열었다.

"상대가 눈에 보이지 않을 때는 그럴지도 모르나 정작 사람을 눈앞에 두고 있다면 틀리지 않을 것입니다."

눈앞에 훤히 혈들이 보이면 그만큼 검을 잘못 휘두를 가능성이 적다는 뜻이었다.

하지만 화사평은 또다시 고개를 저었다.

"일면 자네 말이 맞을 수도 있네. 그러나 수련을 실전처럼 생각한다면 결코 그래선 안 되지 않을까? 내가 강호의 일에 대해서는 잘 모르나 언뜻 한 치의 실수로도 목숨이 달아난다 들었네. 그렇다면 수련할 때도 이를 충분히 염두에 두고 해야겠지. 즉, 수련 시에도 정확한 초식을 구사해야 실전에서 통하지 않을까 생각하는데 내가 잘못 생각하고 있는 건가?"

고덕현은 묵묵히 생각했다.

화사평의 말은 결코 틀리지 않았다.

검은 단숨에 펼쳐 내야 위력이 배가된다.

그러기 위해 수련을 하는 것이다.

상대의 키가 자신과 같거나 다를 때도 단숨에 세 혈도를 정확히 베어내야만 한다.

눈으로 보고 검을 떨치면 그땐 늦는다.

"형님 말씀이 맞습니다. 제가 너무 미숙했습니다."

고덕현은 진심으로 화사평에게 감탄했다.

그의 머릿속엔 오래전 화남평에게 들었던 말이 떠오르고 있었다.

"형은 가면 만드는 일을 배운 지 이 년도 채 되지 않아 아버지를 넘어섰어. 그만한 재주를 가지고서도 가업이 싫다고 뛰쳐나갔으니……."

무공과 가면 만드는 일은 엄연히 다르다.

하지만 만류귀종이라는 말이 있지 않은가?

하나의 일에 최고의 경지에 도달한 이는 그렇지 못한 이들이 보지 못하는 뭔가를 볼 수 있는 능력이 있는 게 아닐까 싶었다.

*　　　*　　　*

　열흘이라는 시간이 눈 깜짝할 사이에 지나갔다.

　그동안 서월문도들은 바쁜 시간을 보냈다.

　문주는 모든 문도들에게 이인검진을 수련하라 명했고, 이를 닷새 안에 완벽히 익히라고 했다.

　문도들은 이에 눈코 뜰 새 없이 시간을 보냈지만 화사평만은 예외였다.

　검을 든 지 얼마 되지 않아 다른 문도들과 실력 차가 너무 나기 때문이었다.

　화사평도 수긍했다.

　대신 그는 다른 수련을 했다.

　횡직대와 종직대, 그리고 서월검법 초반 삼 초식.

　특히 횡직대와 종직대를 이용한 수련의 결과는 놀라웠다.

　처음엔 검을 긋는 속도가 몇 시진에 걸칠 정도로 느렸지만 이후 급속도로 속도를 배가시키더니 마지막 열흘째에는 단숨에 가로 베기와 세로 베기를 해내었던 것이다.

　그것도 횡직대와 종직대의 간격을 최대로 좁혀놓고서 말이다.

　이는 서월문이 세워진 후 처음 있는 일이었다.

*　　　*　　　*

"오셨습니까?"

"어서 오시오, 방주."

네 명이 양쪽으로 늘어선 가운데 사십 중반의 사내가 대전을 가로지르더니 가운데 자리한 의자에 앉았다.

그는 각진 얼굴에 굴강한 기운을 풍기는 사내였는데, 그가 바로 홍염방주 초장생이었다.

그는 주위를 휙 둘러보고는 짧게 물었다.

"담사남은?"

"담사남은 죽었소."

외자옹이 대답하자, 초장생의 한쪽 눈초리가 치켜 올라갔다.

"죽어?"

"화금장을 습격했는데, 돌아오지 않더구려."

"그게 말이 되나? 서월문도 아니고 화금장을 습격했는데 돌아오지 못하다니."

설사 서월문을 습격했다 해도 그가 당할 확률은 매우 적었다.

그는 그만큼 고수였다.

외자옹이 그런 초장생의 속마음을 짐작하고는 가벼운 미소를 지으며 말했다.

"방주가 계시지 않는 동안 서월문을 돕기 위해 당문에서 몇이 왔소. 아마도 그들에게 당한 듯싶구려."

"당문의 누구?"

"당모충과 당무엽 등이오."

"귀찮게 됐군."

초장생은 의자를 한 손으로 툭툭 건드리며 중얼거렸다.

당모충은 당문십수에 드는 고수였고, 당무엽은 당문의 적손이었다.

그들은 무공을 떠나서 초장생도 쉽게 처리할 수 없는 인물들이었다.

죽이는 건 오히려 쉽다.

문제는 그 뒤의 일이다.

당문 전체와 싸워야 한다. 하지만 지금은 당문과 척을 질 만한 상황이 아니었다.

"할 수 없지. 그들의 목숨은 남겨둬야겠어. 내일 아침에 사람을 보내보고, 저녁때 출발하지."

"준비하겠소."

외자옹의 입가에 한줄기 미소가 떠올랐다.

방주의 말은 서월문의 대답 여하와 관계없이 치겠다는 뜻이었다.

두 손 가득 핏물을 적실 생각만으로도 벌써부터 몸이 달아오르고 있었다.

*　　　*　　　*

세 개의 대황 초로 불그스름하게 밝혀진 동굴 안, 화사평과 임서영이 마주 앉아 있었다.

"오늘따라 안색이 안 좋아 보이네요. 혹시 무슨 일이라도 있나요?"

임서영이 커다란 눈을 더욱 크게 뜨며 물었다.

"아무것도 아니야."

화사평은 희미하게 웃으며 고개를 저었다.

그동안 화사평은 약속대로 사흘에 한 번씩 임서영을 찾아왔다.

그리고 많은 이야기를 나누었다.

대부분은 그녀 혼자 조잘댄 것에 불과했지만 둘 사이가 이전보다 가까워진 것은 사실이었다.

그렇지만 그것은 연인으로서가 아닌 단순한 친구로서였다.

화사평은 임서영의 신분이 무엇인지도 묻지 않았다.

때문에 그가 알고 있는 사실은 임서영이 어떻게 커왔고, 집을 나와 무슨 일을 했는지가 전부였다.

"아닌 것 같은데요?"

임서영이 고개를 갸웃거렸다.

그녀는 화사평의 눈빛만 봐도 그가 무슨 생각을 하고 있는지 알 수 있었다.

비록 그것이 그녀만의 착각일지라도.

하지만 이번만은 그녀의 예감이 맞았다.

화사평은 그녀의 짐작대로 마음이 편치 않았다.

홍염방이 서월문에 준 기한은 두 달이었고, 오늘이 그 마지막 날이었다.

내일이 되면 홍염방과 전면전이 시작된다.

앞으로 얼마나 많은 사람이 죽게 될지 몰랐다.

서월문이 떳떳한 무림 문파가 되기 위해서는 반드시 거쳐야 하는 통과의례였지만, 그렇다 치더라도 사람 목숨은 귀중한 것이었다.

'이번이 처음이자 마지막이다.'

화사평은 속으로 다짐했다.

"이번에 입문했다는 문파의 일이죠? 그렇죠?"

화사평은 임서영을 지그시 쳐다봤다.

그는 그녀에게 자신이 강호의 문파에 들었다 말해주었다.

왜 가판을 차리지 않느냐는 그녀의 끈질긴 물음에 아는 사람의 권유로 무림 문파에 들게 되었다고 간단히 설명했다.

임서영은 무공을 전혀 익히지 않은 화사평이 무림 문파에 들어간 것에 의문을 표했으나 그에 대한 설명은 일체 하지 않았다.

그러자면 많은 것을 설명해야 했기 때문이다.

"만약 그런 일이라면 제가 도움을 줄 수 있는데."

"고맙긴 하다만, 네가 도울 수 있는 일이 아니야."

"그걸 어떻게 아세요. 이래 봬도……."

화사평은 급히 손을 들어 그녀의 말을 막고는 자리에서 일어났다.

"이만 가봐야겠구나."

"벌써요?"

다른 때는 한 시진 가까이 있었는데 이번엔 반 시진도 채 이야기하지 못했다.

"시간이 너무 늦었어. 그리고 당분간 들르지 못할지도 모르겠다."

화사평은 신형을 돌려세웠다.

"저, 그러면 부탁이 있어요."

"부탁?"

"연월을 저에게 주시면 안 될까요?"

화사평은 그녀를 묵묵히 바라봤다.

연월은 자신이 미래의 연인에게 주려 만든 목각 인형이었다.

그것을 아는지 모르는지, 달라고 하는 것이었다.

자신을 올려다보는 임서영의 보석처럼 반짝이면서도 큰 눈엔 기대가 한가득 서려 있었다.

'할 수 없나.'

연월은 치기 어린 시절 만든 것이었다.

장성해 버린 지금 큰 의미를 두는 게 어쩌면 우스운 일이었다.

화사평은 품에서 연월을 꺼내어 가볍게 한 번 쳐다보고는 임서영의 두 손에 올려주었다.

"고마워요!"

임서영의 얼굴이 만개한 연화처럼 활짝 피어났다.

"그럼 다음에 보자."

화사평이 사라지자, 그녀는 연월을 꼭 품에 끌어안았다.

그것이 마치 화사평 본인이라도 된다는 듯이.

＊　　　＊　　　＊

날이 밝자 서월문으로 홍염방의 사자(使者)가 방문했다.

화철삼은 그를 안에 들이지도 않은 채 일언지하에 홍염방의
요구를 거절했다.

"장담하건데 내일 해를 볼 수 있는 사람은 이중 몇 없을 거
요."

홍염방의 사자는 자신을 형형한 눈빛으로 쏘아보는 서월문
도와 당문의 사람들을 훑어보며 이 말을 남기고 돌아갔다.

오향각 안은 그 어느 때보다 조용했다.

몇몇은 검을 손질하고 있었고, 또 다른 이들은 눈을 감은 채
좌정해 있었다.

화남평은 창밖을 바라보고 있었다.

언뜻 그 모습은 따스한 햇살을 여유롭게 쬐고 있는 듯했지
만 그의 얼굴에 드러난 표정은 결코 그렇지 않았다.

애써 감추려 했지만 그에게서는 잔뜩 긴장감이 흘러나오고
있었다.

"너무 걱정하지 말거라."

바로 옆에서 들려온 목소리에 화남평의 고개가 힐끗 돌아갔다.

그곳엔 화사평이 담담한 모습으로 서 있었다.

"뭘?"

"홍염방을 상대하는 것 말이다."

"당신, 뭘 안다고 그래?"

화남평은 내심 어이가 없었다. 칼부림이 뭔지도 모르는 인간이 걱정하지 말라고 태평스런 소릴 하다니.

찰나의 순간에 목숨이 날아가는 싸움이 곧 벌어질 텐데 말이다. 무식하면 용감하다더니 딱 그 짝 아닌가?

"하긴, 당신은 숨어 있으면 되니 전혀 걱정할 필요가 없겠군."

화남평은 코웃음을 치며 다시 창밖으로 고개를 돌렸다.

문주는 오향주를 통해 말을 전했다, 이번 싸움에 화사평은 나서지 말라고.

화사평은 아직 무인이 아니었다.

그런 화사평이 싸움에 끼어들면 오히려 폐를 끼칠 수 있었다.

"난 숨어 있지 않아."

"뭐?"

"물론 검을 들고 싸울 수는 없겠지. 그래도 숨어 있진 않은 셈이다. 서월문도로서 싸움을 지켜봐야 하니까."

"헛소리 말고 그냥 찌그러져 있어."

"남평!"

고덕현이 버럭 소리치더니 다가왔다.

"형님께 말이 너무 심하잖아."

"뭐? 요 며칠 함께 있더니 이 사람 편이 되어버렸냐?"

화남평이 어처구니없다는 듯이 고덕현을 쳐다봤다.

"그게 아니잖아. 형님께선……."

"됐다."

화사평은 고덕현의 말을 막고는 조용히 웃었다.

"어찌 됐든 그것이 내 뜻이다."

그리고는 밖으로 발걸음을 옮겼다.

"어? 어디 가세요?"

고덕현이 급히 묻자 화사평은 대수롭지 않게 대답했다.

"수련하러."

서산으로 해가 진 지 오래다.

그러나 서월문 안은 수십 개의 횃불로 인해 마치 대낮처럼 밝았다.

정문과 이어진 너른 마당에 백여 명의 무인이 이 열로 늘어서 있었다.

그들은 서로 대화를 나누지도, 움직이지도 않았다.

홍염방의 사자가 했던 말대로 내일 해를 보지 못할 수도 있고, 팔다리를 못 쓰게 될 수도 있다.

그동안의 각오를 다지고 최선을 다한다는 생각만 몇 번이고 되뇌고 있었다.

그것만이 안정을 찾을 수 있는 길이었다.

한편 이 열로 늘어선 끝머리 상석엔 화철삼과 당모충이 굳건한 모습으로 서 있었다.

그 한 단 아래로는 당학 등이 도열해 있었는데, 그중 당운정과 당이연은 특히 긴장한 모습이 역력했다.

이곳에 있는 사람들 중 직접 홍염방과 손을 섞어본 사람은 그들이 유일했고, 그들의 무서움을 뼛속 깊이 알기 때문이다.

일반 홍염방도 둘은 상대할 수 있다. 그러나 셋 이상은 무리다.

그 사실이 당운정과 당이연을 긴장케 했다.

"옵니다!"

고요한 가운데 정문을 지키고 있던 문도가 급히 안으로 뛰어들며 소리쳤다.

이 열로 늘어선 문도들로부터 두어 걸음 뒤에 서 있던 화사평이 감았던 눈을 떴다.

다행이었다.

홍염방은 자신들의 실력을 과신하는지 공격하는 시점을 미리 알렸다.

홍염방의 사자가 했던 말이 바로 그것이다.

내일 해를 볼 사람이 몇 없으리라는 것은 오늘 내로 찾아오겠다는 말이 아니고 무엇이겠는가?

게다가 예상했던 대로 그들은 정면으로 치고 들어왔다.

화금장을 암습했던 때와는 완전 딴판이다.

결국 이는 당시의 암습이 담사남의 독자적인 행동이었다는 사실을 말해준다.

그리고 이로 인해 몇 가지를 더 유추할 수 있었다.

홍염방은 단결력이 없다.

방주라는 구심점은 있을지언정 일사불란하게 움직이는 조직은 아니라는 뜻이다.

그것은 서월문으로서 크나큰 이점이었다.

막상 싸움이 시작되고 전세가 흐트러진다면 홍염방은 일시에 무너질 것이다.

'이제 시작이군.'

화사평의 시선이 조용히 정문을 향했다.

바로 그때였다.

콰쾅!

터터텅!

요란한 소리와 함께 정문이 박살 나며 우수수 부서져 내렸다.

대단한 패력이었다.

"으하하하! 오래들 기다렸다."

귀청을 먹먹하게 하는 광소와 함께 한 사람이 들어섰다.

그는 보통 사람보다 두 배는 됨직한 커다란 덩치를 가지고 대부를 어깨에 들쳐 맨 사내였다.

"동산웅묘?"

화철삼이 그를 알아보고 안색이 변했다.

당모충도 마찬가지, 그의 눈에는 은은한 놀람의 빛이 떠오르고 있었다.

'저자가 홍염방에 있었는가?'

하지만 그가 놀라기에는 아직 이른 감이 있었다.

동산웅묘 뒤로 네 사람이 더 들어서고, 그 뒤로 적의를 입은 홍염방도들이 줄줄이 들어왔다.

'소요한시에 외자옹까지!'

그의 눈이 해연히 커졌다.

외자옹은 자신으로서도 결코 가볍게 여길 수 없는 고수였다.

그런데 그보다 더 큰 문제는 그 네 사람 가운데서 오만한 표정을 짓고 등에 쌍도를 맨 남자였다.

아무리 생각해도 그만은 누군지 알 수 없었다.

하지만 기세로 보아 외자옹보다 하수는 아닌 듯싶었다.

"그대들의 방주가 누군가?"

화철삼이 먼저 말문을 열었다.

"나."

역시 예상대로 대답은 쌍도를 맨 자 입에서 나왔다.

"이름을 알 수 있겠소?"

"초장생."

"……!"

그의 대답은 간결했다. 그러나 화철삼은 그 이름을 듣는 순간 가슴이 철렁했다.

일월쌍도(日月雙刀) 초장생.

쌍도를 쓰는 자가 강호에 많지 않은데도 그를 알아보지 못한 데는 이유가 있었다.

그는 이 자리에 있어선 안 될 사람이었다.

아니, 있을 수 없는 사람이었다.

통천삼세가 비록 현 무림을 좌지우지하는 높은 위치에서 군림하고 있다고는 하나 강한 문파가 그들 셋만 있는 건 아니었다.

전통적인 명문대파인 구파일방, 그리고 장강의 서른여섯 개 수채가 연합한 장강수로채와 녹림이십사채도 건재했다.

그 외에도 지역의 패주라 일컬어지는 문파까지 합친다면 셀 수 없을 정도였고, 그에 비한다면 서월문은 이제 막 걸음마를 떼기 시작한 아이와 같았다.

그런데…….

일월쌍도 초장생은 그런 문파들 중에서도 수위에 드는 장강수로채, 그것도 네 명의 부채주 중 하나였다.

어떻게 장강수로채의 부채주가 홍염방주가 될 수 있단 말인가?

장강수로채는 인원만 수천을 헤아린다.

그런 자들 가운데서도 초장생은 다섯 손가락 안에 드는 실력자다.

화철삼은 머릿속이 아득해져 왔다.

문도들이 속절없이 죽어나가는 모습이 머릿속에 떠올랐다.

　혈해를 이루고 그 속을 뒹구는 조카들과 문도들이 선하게 그려졌다.

　'흐으음…….'

　화철삼이 걷잡을 수 없는 고뇌에 빠져들자 그의 전신이 보이지 않을 정도로 조금씩 떨리기 시작했다.

　'이런!'

　화사평은 안색이 변했다.

　화철삼이 심마에 빠져든 것이다.

　이 상태라면 싸우지도 않고 패배다.

　순간 화철삼을 바라보고 있던 화사평의 눈빛에 칠색 신광이 일렁거렸다.

　[너는 일파의 종주다!]

　'크읍……!'

　갑자기 화철삼이 망치로 머리를 두드려 맞은 듯 두 눈을 부릅떴다.

　머릿속을 휘젓는 목소리.

　그것은 두려움을 일시에 떨쳐 버리는 강대한 힘을 가진 음성이었다.

　화철삼은 곧바로 자신의 실태를 깨닫고는 깊게 숨을 들이켰다.

　"후우……."

　그러자 한결 편안해졌다.

모든 게 정체를 알 수 없는 음성 덕분이다.

제때 진정하지 못했다면 걷잡을 수 없는 결과를 낳을 뻔했다.

화철삼은 목소리의 주인이 누군지 알 것만 같았다.

분명 비급을 주고 갔던 괴인이다.

화금장을 도와준 조카의 친구라던 괴인. 그의 음성이 틀림없었다.

'이 모든 걸 지켜보고 있는 건가?'

화철삼은 그를 찾고 싶었다.

하지만 고개를 돌린다거나 하는 어리석은 짓을 하진 않았다.

그가 모습을 드러내지 않길 원한다면 그대로 놔두어야만 했다.

하지만 어디선가 괴인이 지켜보고 있다는 사실 하나만으로도 심신이 안정되었다.

최악의 사태가 일어난다 하더라도 조카들만은 목숨을 건질 수 있으리라.

第十章

납치

십벽
화신

'숙부님, 우린 지지 않습니다.'

화사평은 화철삼의 신색이 정상으로 돌아오자 속으로 생각했다.

간발의 차였다.

혼을 깨운다는 교혼심어(覺魂心語)가 조금만 늦었어도 화철삼은 위험했다.

냉정하게 평가하면 서월문이 밀리는 게 사실이지만 싸움이란 끝나기 전까진 아무도 모르는 것이었다.

"이름은 많이 들었소. 이런 자리에서 만나게 될 줄은 내 미처……."

화철삼이 다시 말문을 열자 초장생이 한 손을 슬쩍 치켜들며 고개를 흔들었다.

"아아! 쓸데없는 말은 그만하시지. 난 시체와 나눌 이야기 따윈 없으니까."

그와 동시에 동산옹묘의 거친 고함 소리가 터져 나왔다.

"쳐라!"

"이야아아!"

"야앗!"

파파팟!

명이 떨어지자 홍염방도들이 양쪽에 늘어선 서월문도들을 향해 일제히 쏘아져 갔다.

서월문도들도 가만히 있지 않았다.

"하앗!"

이미 대비하고 있던 터, 각 향주들을 필두로 검을 쳐나갔다.

쩌저정!

그때부터 사위가 온통 시퍼런 검광으로 뒤덮이기 시작했다.

"죽여라!"

"모조리 죽여!"

악에 받친 고함 소리가 연이어 터져 나왔다.

무인들의 눈은 누구랄 것도 없이 모두 시뻘겋게 핏발이 섰다.

"크악!"

싸움이 시작된 지 촌각도 지나지 않아 첫 번째 비명 소리가 허공을 갈랐다.

서월문도였다.

팔이 잘려 피를 뿜으며 비틀거리던 그는 결국 등 깊숙이 검을 맞고 땅에 쓰러졌다.

"이놈들!"

동료의 죽음을 본 서월문도들은 흥분하여 마구잡이로 검을 휘둘렀다.

하지만 그것은 검법이라고도 할 수 없는 단순한 칼부림에 불과했다.

"악!"

또다시 한 명이 피를 쏟아내며 쓰러졌다.

아니, 한 명이 아니다.

여기저기서 무너져 내리고 있었다.

그토록 오랜 시간 수련을 했건만 막상 눈앞에서 피가 튀고 서슬 퍼런 검날이 닥쳐오자 혼란스런 나머지 깡그리 잊어버린 것이다.

경험이 없다는 것.

이는 서월문의 결정적인 약점이었다.

서월문은 개문한 지 오 년밖에 안 된, 대대적인 싸움을 한 번도 해보지 못한 문파다.

대읍을 양분하고 있던 막천문과의 대립도 말 그대로 대립일 뿐이었다.

기껏 한두 명씩 이뤄지는 소수의 싸움.

그것도 죽지 않는 선에서 끝이 나는 싸움이 전부였다.

그러니 실력을 제대로 발휘하지 못한 채 힘없이 무너지고 있는 것이었다.

"당황하지 말고 검진을 펼쳐라!"

공력이 실린 화철삼의 목소리가 들려온 것은 그때였다.

"우리는 대읍의 패주 서월문이다! 지금이 우리의 진정한 힘을 보여줄 때다!"

그 소리를 들은 서월문도들은 마치 찬물이라도 뒤집어쓴 듯 번쩍 정신이 들었다.

자신들이 지금 무엇을 하고 있는가?

이미 검진을 펼치기로 약속이 되어 있거늘 제대로 검을 떨치는 이들은 소수이지 않은가?

"검진을 펼쳐라!"

"진을 유지하라!"

이곳저곳에서 고함 소리가 터져 나오며 두 사람씩 짝을 짓더니 이인검진을 펼치기 시작했다.

차차창!

속절없이 무너져 가던 서월문도들의 움직임이 조금씩 달라졌다.

한 사람이 검을 뻗어내면 옆 사람의 검이 주위를 휘돌며 수비를 해줬다.

서로가 서로의 사각을 방어한다. 그러면서도 그 순서가 끊임없이 변한다.

바로 이화상첨이었다.

그때부터 전황이 바뀌기 시작했다. 더 이상 피를 뿌리며 쓰러지는 서월문도들은 없었다.

원래부터 홍염방도의 숫자는 서월문의 반도 되지 않았다. 그러니 두 명이 한 명만 상대해도 충분히 이득이다.

물론 홍염방도 개개인의 실력은 월등히 뛰어나다. 당운정도 셋 이상을 상대할 수 없다고 평가했을 정도다.

그러나 이화상첨은 예사로운 검진이 아니었다. 바로 극진문의 비기다.

개개인이 펼쳤을 때보다 서너 배가 넘는 효과를 보여준다.

뿐만 아니라 수비가 칠 할이고, 공격이 삼 할인 방어에 특화된 검진이다.

그랬기에 배 이상의 실력 차를 보이는 홍염방도의 공격을 막아내고 있는 것이었다.

"제법이군."

초장생이 입꼬리를 말아 올렸다.

싸움의 양상이 예상과 사뭇 달랐다.

단숨에 모든 게 끝나리라 생각했는데, 기이한 검진을 펼치더니 그럭저럭 잘 막아내고 있지 않은가.

하지만 그래 봤자 결과는 정해져 있었다.

문파 간의 싸움이란 일반 문도들이 아닌 고수들 간의 싸움에서 결과가 갈린다.

초장생의 시선이 당모충에게로 향했다, 네가 나서라는 듯이.

당모충도 초장생의 의도를 파악했다.

"저자는 내가 맡겠네."

"미안하지만… 부탁하겠네."

화철삼은 거절하지 못했다.

화철삼 역시 지금 이 자리에서 초장생을 상대할 수 있는 사람은 오직 그밖에 없다는 것을 알고 있었다.

"하하하. 미안할 게 뭐 있겠나."

당모충은 크게 웃어 보이고는 신형을 날렸다.

그와 동시에 그의 우수에서 뭔가가 번쩍했다.

쉭!

따앙!

"인사치고는 과격하군. 팔조비도!"

어느새 뽑아 든 도로 당모충의 비도를 튕겨낸 초장생이 비릿한 미소를 지었다.

"나는 원래 이런 사람이지."

당모충의 손에서 또다시 비도가 발출됐다.

이번엔 두개였다.

따당!

하지만 쌍도와 만나자 맥없이 허공으로 솟구쳤고, 그사이 초장생의 신형은 코앞까지 다가와 있었다.

"훙!"

쩌정!

당모충도 번개처럼 두 자 길이의 기형검을 뽑아 들어 반격하기 시작했다.

그때부터 두 사람의 신형은 눈에 보이지 않을 정도로 빠르게 얽혀들었다.

"이 새끼, 네놈의 뼈는 내가 발라주마!"

당무엽을 향해 날아드는 시뻘건 인영이 있었다.

마혈태자였다.

그는 며칠 전 당했던 수모를 씻으려는 듯 살기를 풀풀 날리며 연이어 삼 장을 뻗어냈다.

"할 수 있으면!"

당무엽도 검을 뽑아 들고 마주쳐 갔다.

퍼퍼펑!

싸움은 다른 곳에서도 시작됐다.

당운정과 당학은 외자웅을 상대로 합격을 펼치고 있었고, 화철삼은 동산웅묘의 대부(大斧)를 맞아 서월검법을 십성으로 펼치고 있었다.

'열일곱… 열여덟…….'

한편, 전장에서 한 걸음 물러서 있는 화사평은 속으로 숫자를 헤아리고 있었다.

속도는 빠르지도 느리지도 않았다.

그러면서도 두 눈은 쉬지 않고 빠른 속도로 주위를 살피고 있었다.

'조금만 더 견뎌야 해, 나도, 그리고 서월문도.'

그는 이를 지그시 다물었다.

지금은 강호 문파로서 경험을 쌓을 수 있는 다시없는 기회였다.

이 위기를 헤쳐 나간다면 서월문은 더욱 빠르게 발전해 나갈 터였다.

'열아홉… 스물……'

예상대로 다들 잘 싸워주고 있다.

고수들의 싸움에서도 크게 밀리지 않는다.

가장 위험한 당모충도 사십 초는 버틴다. 숙부도 오십 초까지는 동산웅묘를 상대할 수 있다. 외자웅을 합공하고 있는 당학과 당운정도 오십 초다.

당학과 당운정이 개중 실력이 높은 외자웅을 상대하며 밀리지 않는 이유는 그들도 이인검진을 펼치고 있기 때문이다.

당문의 독문검진인 쌍이개천문(雙二開天門).

당가의 정통 핏줄이어서인지 난해하기로 이름 높은 쌍이개천문을 제대로 익혔다.

그래서 오십 초다.

비록 그 이상이 되면 목숨을 잃겠지만 적어도 그 정도까진 상대가 가능하다.

당무엽은 역시나 발군이었다. 그는 오히려 마혈태자를 삼십 초 이내에 쓰러뜨릴 것이다.

문제는 소요한시였다. 그자만은 맞상대가 없었다.

퍼퍼퍽!

"크억!"

소요한시는 마치 산책이라도 나온 듯 전장을 거닐었다.

그러다가 슬쩍슬쩍 부채를 찔러댔고, 그때마다 서월문도들의 뼈가 부러지고 피가 튀었다.

서월문도들은 이인검진을 사용하여 적을 상대하고 있던 중이었기에 뒤에서 다가오는 소요한시의 부채에 무방비로 당할 수밖에 없었다.

화사평은 더욱 이를 악물었다.

'스물다섯… 스물여섯……'

그가 스물여섯까지 헤아렸을 때였다.

쉬익!

갑자기 검 하나가 빛살처럼 나타나 화사평의 인중을 노리고 날아들었다.

서월문도 중 유일하게 혼자 있는 화사평을 노리고 홍염방도가 살수를 펼친 것이다.

그러나 화사평은 코앞까지 다가오는 검첨을 보면서도 미동조차 하지 않았다. 마치 그 검은 결코 자신을 해칠 수 없다는 듯이.

땅!

과연 그대로였다.

느닷없이 나타난 검에 부딪쳐 홍염방도는 뜻을 이루지 못했다.

"괜찮아요?"

당이연이었다.

화사평은 가볍게 고개를 끄덕였다.

그녀는 조용히 얼굴을 붉히고는 곧바로 홍염방도를 향해 연이어 살수를 떨쳐 냈다.

쩌저저정!

그녀의 검법은 그 어느 때보다 날카롭고 신랄했다. 누가 보면 마치 원수를 대하는 듯 매서웠다.

정신없이 쏟아져 들어오는 검에 밀려 홍염방도는 사색이 되어 뒷걸음질쳤다.

하나, 화사평은 그녀를 보고 있지 않았다. 그의 시선은 스무 초를 넘어가고 있는 마혈태자를 향해 있었다.

'스물아홉… 서른!'

팟!

서른을 헤아리는 순간 그의 손이 장삼 안으로 깊이 감춰졌다. 그리고 열 손가락이 마치 작은 달걀을 움켜쥐는 듯한 모양이 되었다.

마혈태자는 답답해 머리가 터질 지경이었다. 새까맣게 어린 놈에게 연신 밀리고 있는 까닭이다.

강호를 횡횡한 지 삼십 년이 되어간다. 그런 자신이건만 조그만 놈에게 공력과 초식에서 모두 뒤지고 있었다.

'우라질!'

도대체 뭘 처먹었기에 자신 나이의 반도 안 되는 놈이 이처럼 고강한 공력을 가지고 있단 말인가?

당무엽이 당문의 영약이란 영약은 모조리 먹고 자랐다는 사실을 알 리 만무한 마혈태자는 혼신의 힘을 다해 쌍장을 휘둘렀다.

"으랴아!"

"훙!"

퍼퍼펑!

그러나 또다시 당무엽의 검에 막혀 뜻을 이루지 못했다.

"크아악!"

그 순간 갑자기 마혈태자가 괴성을 질러댔다.

'어디 누가 죽나 보자!'

이렇게 된 이상 이판사판, 동귀어진이라도 해야 기분이 풀릴 것 같았다.

그와 함께 양 손바닥이 붉다 못해 푸르스름하게 변했다. 혈마장 최후 절초인 청혈파산(靑血破山)을 펼칠 셈이었다.

청혈파산은 놀라울 정도로 강한 위력을 지니고 있지만 함부로 펼칠 수 없는 초식이었다.

청혈을 일으키기 위해서는 진원진기가 필요하다. 진원진기는 사람이 살아가는 데 있어 근본이 되는 진기. 그러므로 잃으면 잃을수록 수명이 깎인다.

결국 마혈태자는 진원진기의 손상을 무릅쓰고라도 당무엽을 죽이려는 것이었다.

"뒈져라!"

그는 양손을 빠른 속도로 가슴 어림까지 끌어올렸다. 그리고 그보다 배는 빠르게 앞으로 내뻗었다.

그런데,

"어헛!"

갑자기 마혈태자가 사색이 된 채로 헛바람을 들이켰다.

팔뚝을 통해 도도히 흘러가던 진기가 갑자기 이어지지 않았다. 단순히 끊어진 게 아니라 완벽히 멈춰 버렸다.

마치 차디찬 얼음물에 들어가 그대로 얼어버린 물고기와 같았다.

이미 청혈은 팔꿈치 아래로 가득 차 있는 상태. 그 상태로 멈춰 버리니 팔 전체가 목석처럼 딱딱해져 버렸다.

'이, 이게⋯⋯!'

그는 알 수 없는 두려움에 이가 딱딱 떨렸다.

그 순간 당무엽의 눈에서 번쩍 빛이 발했다. 마혈태자가 보이지 않는 담벼락이라도 만난 듯 어정쩡한 자세로 꿈틀거리고 있지 않은가?

빈틈을 놓칠 리 없는 당무엽이었다.

그의 검이 커다란 호를 그렸다.

쉬각!

그리고 마혈태자의 머리가 땅바닥을 굴렀다, 두 눈을 부릅뜬 채로.

획!

당무엽은 마혈태자의 몸뚱이가 쓰러지는 것을 보지도 않고 곧바로 신형을 쏘아냈다.

그곳엔 서월문도 한 명을 처치하고 막 돌아서는 소요한시가 있었다.

소요한시는 마혈태자를 베어낸 당무엽을 의외의 눈으로 쳐다보았으나, 이내 특유의 여유로운 미소를 지었다.

"대단하군, 마혈태자를 죽이다니."

"네놈도 곧 같은 꼴이 될 것이다."

반 장의 거리를 두고 땅에 내려선 당무엽은 그를 매섭게 쏘아보았다.

소요한시의 비겁한 짓거리를 보았다. 철저히 약자만을 찾아 손을 썼다.

마혈태자보다 더욱 용서할 수 없는 자였다.

당무엽의 좌수가 빠르게 앞가슴을 쓸어내린 후 앞으로 내뻗어졌다.

쐐액!

세 개의 철질려가 허공을 갈랐다. 그와 동시에 당무엽이 땅을 박차고 그 뒤를 따랐다.

"가소롭군."

소요한시의 입꼬리가 더욱 말려 올라갔다. 철질려를 방비하는 사이 생긴 틈을 노리려는 뻔한 수작이었다.

그의 부채가 순식간에 공작의 날개처럼 쫙 펴졌고, 철질려를 향해 휘둘러졌다.

퍼퍼퍽!

그리고 둔탁한 기음이 이어졌다.

"어……?"

한데 소요한시의 표정이 기묘하게 비틀렸다. 그건 마치 귀신이라도 본 얼굴이었다.

또한 입가에는 가는 핏줄기가 새어 나오고 있었다. 기이한 점은 당무엽도 비슷한 표정이라는 것이다.

당무엽은 검을 축 늘어뜨린 채 소요한시를 뚫어져라 쳐다보고 있었다.

정확히는 이마였다. 놀랍게도 그곳에 자신의 철질려가 박혀 있지 않은가?

'대체 어떻게 된……?'

소요한시의 예측대로 철질려는 단순히 상대의 눈을 흐리려는 것에 불과했다.

그런데 그는 그것조차 막지 못했다.

쿵!

소요한시가 뻣뻣하게 뒤로 쓰러졌다. 그 역시 눈을 뜬 채로 죽었다.

마치 죽을 때조차 자신이 왜 죽는지 모르겠다는 듯이.

당무엽은 소요한시를 잠시 멍한 눈초리로 바라봤지만 금세

정신을 차리고는 빠르게 전장을 훑었다.

'숙부님, 그리고 서월문주.'

당학과 당운정은 아직 버틸 만해 보였다.

서월문주는 슬슬 힘이 다하고 있었고, 숙부인 당모충은 고전을 면치 못하고 있었다.

과연 일월쌍도의 명성은 허튼 게 아니었다.

당문십수 중 하나인 숙부의 비도가 어지러이 허공을 수놓는데도 오히려 수세에 몰리는 형국이었다.

"제가 함께하겠습니다!"

당무엽은 한 소릴 크게 내지르며 당모충을 향해 신형을 날렸다.

당무엽이 돕기로 선택한 사람은 당모충이었다.

물론 이에는 그가 가장 곤경에 처해 있었다는 이유도 있었지만 그보다 서월문주가 일파의 종주이니만큼 합공을 마다할 경우도 있으리란 생각 때문이었다.

"오냐. 이놈을 같이 상대하자꾸나!"

당모충이 흔쾌히 승낙하며 우로 한 걸음 비켜서자 그 자리를 당무엽이 메웠다.

'잘했다, 당무엽.'

그는 자신이 바라던 대로 행동해 주었다.

당무엽은 마혈태자를 상대하면서도 간간이 소요한시의 후안무치한 행태를 관찰하고 있었다.

그랬기에 가장 먼저 마혈태자에게 손을 썼다.

마혈태자가 사라진다면 당무엽은 소요한시를 상대하리라.

태혼신공을 끌어올려 마혈태자의 진기의 흐름을 파악하고, 기혈을 틀어막았다.

그렇게 마혈태자는 죽음을 맞이했다.

소요한시도 마찬가지다. 아니, 그에게는 더욱 잔혹하게 손을 썼다.

팔에 흐르는 진기를 흩뜨리는 것으로 모자라 전신 기혈을 모조리 터뜨려 버렸다.

그가 철질려에 이마를 꿰뚫렸음에도 입으로 피를 흘린 까닭이 바로 그것이다.

이제 홍염방에 남은 고수는 셋이다. 외자웅, 동자웅묘, 홍염방주 초장생.

팍!

화사평의 우수가 보이지 않는 장삼 소매 속에서 위로 뒤집혔다.

"칵!"

"커헉!"

화사평 앞에 있던 홍염방도 다섯이 멈칫했다.

한데 그 순간은 교묘하여, 마침 서월문도들의 검이 그들의 목을 향해 쓸어가고 있을 때였다.

터터틱!

다섯 개의 목이 동시에 허공으로 떠올랐다.

이번엔 좌수가 뒤집혔다.

쉬쉭!

삼 장 거리에 있는 홍염방도 다섯이 약속이나 한 듯 허공에 헛손질을 했다. 그게 그들의 마지막 초식이었다.

"컥!"

그들은 이어진 서월문도들의 검에 가슴이 꿰뚫리고 팔다리가 잘려져 나갔다.

순식간에 팽팽하던 싸움이 기울어졌다.

원래부터 수적으로 열세에 있던 홍염방인지라 열 명의 공백은 되돌릴 수 없을 만큼 치명적이었다.

후우우웅!

차앙!

"컥!"

화철삼이 비틀거리며 뒤로 세 걸음 물러났다.

그는 급히 검을 고쳐 쥐고 동산웅묘의 뒤이어지는 대부를 막아 검을 떨쳐 냈다.

카앙!

하지만 불똥과 함께 또다시 세 걸음 물러날 수밖에 없었다.

손아귀가 찢어졌는지 가는 피가 흘러내렸다. 팔은 저릿저릿 아프고 다리는 후들거렸다.

"하하하! 힘 좀 써봐라!"

'이런 곰 같은······!'

화철삼은 이를 악물었다.

동산웅묘의 대부는 과연 듣던 대로 무지막지했다. 이십 년을 익혀온 서월검법이 전혀 먹혀들지 않았다.

또한 공력이 원래부터 동산웅묘보다 떨어지는 데다 상대의 병기가 중병이다 보니 싸움이 지속될수록 더욱 불리해져만 갔다.

"문주, 우리가 돕겠습니다!"

곤경에 처한 화철삼의 양옆으로 갑자기 두 사람이 나타났다.

그들은 서월문을 이루는 유월대와 해월대의 대주인 채전강과 식장해였다.

화철삼은 급한 숨을 몰아쉬며 손을 내저었다.

"아니네. 나보단 문도들을 먼저······."

"걱정하지 마십시오. 문도들은 잘 해내고 있습니다."

채전강이 대답하자, 식장해도 거들었다.

"그렇습니다, 문주. 우리가 이자만 해치운다면 승산이 있습니다. 이제 저들 중 고수는 셋밖에 남지 않았습니다."

화철삼은 두 사람의 말에 놀람을 감추지 못하고는 급히 장내를 훑었다.

과연 그 말대로였다.

홍염방도들의 숫자는 눈에 띄게 줄어 있었으며, 마혈태자와 소요한시는 놀랍게도 이미 싸늘한 시신으로 변해 있었다.

홍염방주 초장생도 당모충과 당무엽을 상대로 크게 우위에 서지 못하고 있었다.

동산웅묘와 결전으로 인해 장내의 상황을 정확히 인지하지 못하고 있던 사이 승산이 없다고 여겨졌던 싸움이 어느새 서월문 쪽으로 기울고 있었던 것이다.

화철삼은 힘이 나 소리쳤다.

"좋네!"

두 사람의 합류로 순식간에 전세가 역전되었다.

채전강과 식장해는 화철삼에 비해 비록 실력이 떨어지긴 하였으나 그 차이는 크지 않았다.

특히 채전강은 서월문에 입문하기 전부터 나름 이름을 날리던 무인. 아무리 동산웅묘라 하더라도 세 사람을 상대로는 밀릴 수밖에 없었다.

지금껏 힘으로 눌러왔던 화철삼의 검도 두 대주의 도움을 받자 더욱 날카로워져 그마저 쉽지 않았다.

"빌어먹을 새끼들. 비겁하게!"

그는 대부를 마구 휘두르며 반격했지만 십여 초가 지나자 손이 어지러워졌고, 다시 오 초가 지나자 팔이 잘려 나갔다.

그리고 뒤이어지는 화철삼의 검에 결국 목이 꿰뚫렸다.

"크윽!"

그의 육중한 몸이 쿵 소리와 함께 한 그루의 거목처럼 무너져 내렸다.

"헉헉."

화철삼은 거친 숨을 몰아쉬며 초장생을 바라봤다.

초장생의 쌍도는 눈이 부시게 번쩍거리며 육안으로 분간하지 못할 정도로 빠르게 움직이고 있었다.

당문의 두 고수를 상대로 전혀 위축됨이 없는 움직임이었다.

하지만 그의 관자놀이를 따라 흐르는 한 방울의 땀은 그가 지쳐 가고 있음을 보여주는 증거였다.

당무엽은 특유의 보법을 밟으며 그와 정면으로 맞서고 있었다. 그 주위로 당모충이 기형검을 휘두르는 한편, 초장생이 바늘 끝만 한 빈틈만 보이면 비도를 날려댔다.

투투툭. 따땅!

"제법이구나!"

한차례 비도를 튕겨낸 초장생이 호기롭게 소리쳤다.

하지만 그의 눈빛은 가볍게 흔들렸다. 자신을 향해 신형을 날리고 있는 세 사람을 보았기 때문이다.

동산웅묘를 해치운 화철삼 등이 돕기 위해 나선 것이다.

초장생은 화가 치밀었다. 어쩌다가 일이 이 꼴이 되고 말았는가?

당모충은 예상대로의 실력이었다. 하지만 당무엽은 듣던 것보다 훨씬 뛰어났다. 그의 나이를 생각한다면 믿을 수 없을 정도다. 그 때문에 단번에 끝내지 못하고 질질 끌고 말았다.

거기다 이젠 셋이 더 해졌다.

모든 게 예상과 달랐다.

막천문을 손쉽게 쓰러뜨렸기에 서월문도 그 정도이리라 생각했었는데, 일반 문도들의 실력에서도 차이가 났다.

수하들을 상대하고 있는 저 이상한 검진은 대체 뭐란 말인가?

그때였다.

파팡!

거센 장력으로 당운정과 당학을 물리친 외자옹이 허공으로 신형을 날리더니 한쪽 구석을 향해 바람처럼 쏘아져 갔다.

"엇!"

"조심하시오!"

당운정과 당학이 놀라 동시에 소리쳤다.

외자옹이 쏘아져 가는 곳, 거기엔 화사평이 검조차 들지 않은 채 우두커니 서 있었던 것이다.

"어딜!"

화사평 앞에서 그를 보호하고 있던 당이연이 매섭게 검을 휘둘렀다.

하지만 그녀의 공력은 외자옹의 장력을 막기엔 역부족이었다.

"비켜라, 계집!"

땅!

일장에 검이 반 토막으로 부러졌다.

"악!"

당이연이 비명 소리를 지르며 비틀거리는 사이, 외자옹은 그녀를 뛰어넘어 화사평의 뒤로 돌아갔다.

휙!

그리고 단번에 좌수로 화사평의 뒷덜미를 움켜쥐고 우수로는 어느새 뽑아 든 단검으로 그의 목을 지그시 눌렀다.

"모두 멈춰라!"

외자옹이 일갈했다.

그제야 외자옹을 쳐다본 화철삼의 표정이 해쓱하게 변했다.

"사평아!"

'그러면 그렇지.'

외자옹은 화철삼의 표정에서 자신의 예감이 적중했다는 것을 깨닫고는 입꼬리를 말아 올렸다.

그는 당이연이 화사평의 앞을 가로막을 때부터 청년을 유심히 지켜보고 있었다.

청년의 정체는 모른다. 하지만 귀한 몸임에는 틀림없었다.

그렇지 않다면 당가의 여식이 호위하고 있을 리 없지 않은가?

외자옹은 오늘의 싸움에 승산이 없음을 마혈태자가 죽을 때 직감했다.

그는 당무엽에게 죽어선 안 되는 자였다.

당무엽이 비록 후기지수라 하더라도 마혈태자를 뛰어넘을 리 없다고 생각했다.

그런데 죽었다. 뒤이어 소요한시도 죽었다.

반면 이쪽은 당문의 직계를 죽일 수 없는 입장이다. 단순히 제압하는 정도에서 끝을 내야 하는데 그러지 못한다. 그러니 싸움은 이미 끝난 것이나 다름없었다.

이제는 탈주를 염두에 둬야 했다.

하지만 서월문이 자신들이 가고 싶다고 해서 곱게 놓아줄 리 만무하다.

그래서 마지막 수를 낸 것이다.

청년은 싸움 중에 널찍이 떨어져 있었다. 검도 뽑지 않은 채 멀뚱거렸다. 그럼에도 당문의 호위를 받고 있었다.

이보다 인질로 삼기에 적당한 인물이 누가 있겠는가?

청년은 살길을 열어줄 마지막 열쇠였다.

"이놈이 죽기를 바라지 않는다면 모두 싸움을 멈추는 것이 좋을 거다."

그의 말에 화철삼은 문도들을 향해 급히 눈짓을 보냈다. 그 러자 하나둘 싸움을 멈추고는 거리를 두고 떨어졌다.

외자옹은 사위를 휘저어보다가 아직도 싸움을 멈추지 않고 있는 초장생을 향해 소리쳤다.

"방주! 후일을 기약하시는 게 어떻겠소?"

그러자 초장생마저 뒤로 훌쩍 신형을 물렸다.

당무엽과 당모충은 씹어먹을 듯이 그를 노려보았으나 그들

역시 쉽게 움직이지 못했다.

화사평의 목숨이 담보로 잡혀 있는 이상 그들도 별수없었다. 당문은 어디까지나 제삼자의 입장인데다 그마저도 당무엽은 얼마 전의 일로 인해 화사평에게 빚을 지고 있었기 때문이었다.

"화 공자를 놔줘라, 빌어먹을 늙은이야!"

당이연이 앙칼진 눈을 하고는 소리쳤다.

"화 공자? 이 녀석이 화씨였군. 그럼 서월문주의 친척이 되겠어. 허허허. 제대로 잡았구만."

외자웅은 오히려 흡족하다는 듯이 웃어댔다.

"흥! 외자웅이란 이름이 아깝군. 강호의 선배로서 부끄럽지 않소?"

당모충도 비아냥댔으나 외자웅은 개의치 않는 듯 여전히 이죽거렸다.

"허허, 자네답지 않게 왜 그러나? 강호에는 종종 이런 일이 일어난다네. 당문도 나와 크게 다르지 않을 텐데 새삼스럽게 왜 그러시나."

"뭐요!"

당무엽이 참지 못하고 버럭 소릴 질렀다.

분위기가 험악해지려 하자 화철삼이 급히 입을 열었다.

"외자웅 선배. 당신들이 가는 길을 막지 않을 테니 그 아이는 놔주시오."

"그 말을 나보고 믿으라는 건가?"

외자웅이 가느다란 눈으로 당모충을 쳐다봤다.

당모충은 곧바로 대답했다.

"이 친구 말대로 뒤를 쫓지 않겠소."

하지만 외자웅은 고개를 설레설레 저었다.

"당문의 말은 특히 믿을 수 없지. 잔소리할 것 없이 이 녀석은 우리가 데려가겠네. 방주, 갑시다!"

그는 초장생에게 소리치고는 화사평의 목 뒤를 쳤다.

탁!

그러자 그때까지 아무 말도 하지 못한 채 목석처럼 있던 화사평이 앞으로 폭 고꾸라졌다.

"저, 저!"

화철삼이 안타깝게 소리쳤다.

"따라오시오!"

그러거나 말거나 외자웅은 초장생을 향해 마지막으로 말하고는 쓰러지려는 화사평을 옆구리에 낀 채로 담을 뛰어넘어 사라졌다.

"음!"

초장생은 인상을 찌푸렸다.

그는 실상 그 자신만 몸을 빼려 했으면 언제라도 가능했다. 그러니 외자웅의 행동이 탐탁지 않았다.

하지만 이미 일은 벌어진 뒤였다.

"오늘은 이렇게 가지만 너희들의 목숨을 가지러 조만간 다시 올 것이다!"

초장생은 당모충과 화철삼을 번갈아 한 번씩 노려보고는 외자옹의 뒤를 따라 어둠 속으로 신형을 날렸다.

그러자 눈치를 보고 있던 홍염방도들도 주위를 잠시 살피더니 일제히 신형을 날려 초장생이 향한 방향으로 모습을 감췄다.

『십변화신』 제2권에 계속…

黑獅子 魔王

흑사자
마왕

김운영 판타지 장편 소설

[왕자님, 왕자님께서 저희를 부르시면
언제라도 달려가 왕자님께 물질계의 모든 것을 바치겠습니다.
세상의 모든 미녀와 온갖 진귀한 보물, 모든 것은 왕자님의 것이옵니다.
모든 것……]

디온은 하품을 하며 잠이 덜 깬 목소리로 대답했다.
"알았다. 내 필요하면 부를 테니 이만 들어가라."

신을 초월한 인간, 초월자.
인간으로 태어나 인간으로 죽길 소원했던 그가
마왕의 피를 품고 태어나다!

유행이 아닌 자유추구 -
www.chungeoram.com
Book Publishing CHUNGEORAM

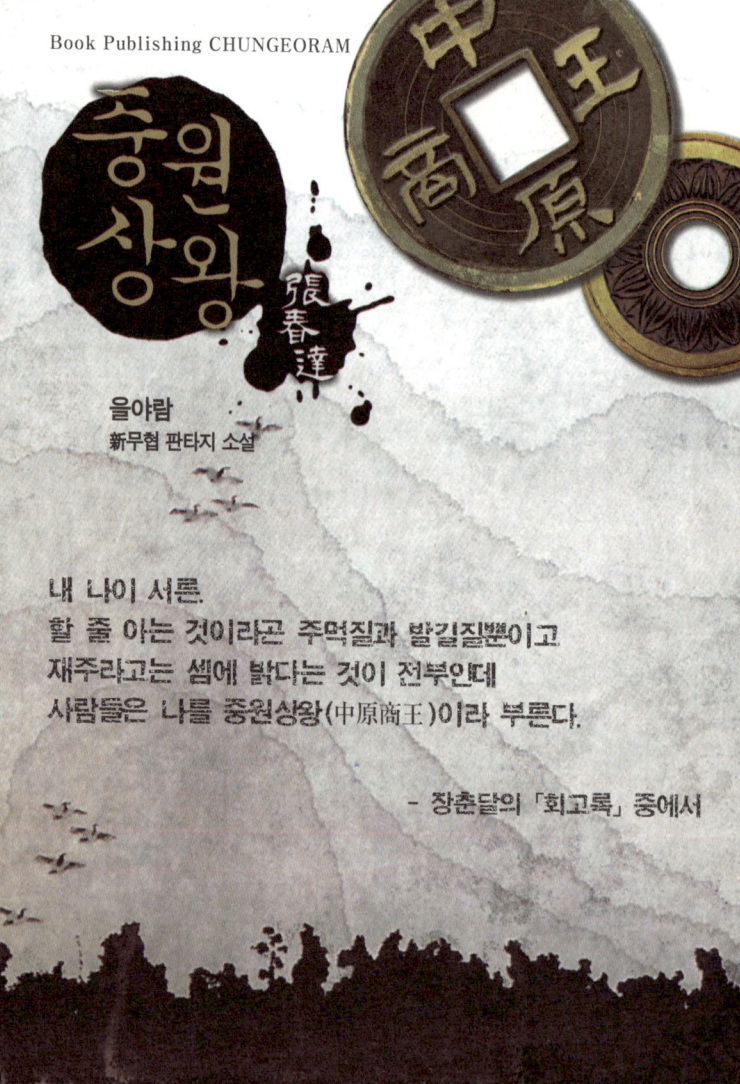

Book Publishing CHUNGEORAM

중원상왕

張春達

을야람
新무협 판타지 소설

내 나이 서른.
할 줄 아는 것이라곤 주먹질과 발길질뿐이고
재주라고는 셈에 밝다는 것이 전부인데
사람들은 나를 중원상왕(中原商王)이라 부른다.

– 장춘달의 「회고록」 중에서

Book Publishing CHUNGEORAM

유행이 아닌 자유추구 –
WWW.chungeoram.com

화마경 火魔經

허담 新무협 판타지 소설

대호산의 다섯 산적이 자칭 천하제일인을 만난다.

괴노 마효(魔梟)!
그는 정말 천하제일인이었을까?
그의 화마경은 정말 천하제일무경일까?

인간의 마음속에 억압된 자아를 끌어내는 자(者)의 무공!
그 화마경의 세계로 다섯 산적이 뛰어든다.

"본래 사람 사는 세상이 화마의 세계인 거다."